새
소
녀

**Bird Girl
and the Man
Who Followed the Sun**

꿈을 따라간 이들의 이야기

새소녀

벨마 윌리스 지음
김남주 옮김

이봄

Bird Girl and the Man Who Followed the Sun
by Velma Wallis

Text ⓒ 1996 Velma Wallis

Korean translation copyright ⓒ 2021 YIBOM Publishers

All rights reserved.
The symbol design opening each chapter as well as the illustrations on
pages 15 and 226 were adapted from the illustrations by Jim Grant in the English edition
published by Epicenter Press in 1996.
This Korean edition is published by arrangement with Epicenter Press c/o Wales Literary
Agency, Inc. through Shinwon Agency Co., Seoul.

이 책의 한국어판 저작권은 신원에이전시를 통해 저작권자와 독점 계약한 이봄 출판사에 있습니다.
저작권법에 의해 한국 내에서 보호를 받는 저작물이므로 무단 전재 및 무단 복제를 금합니다.

이 책을 지구상의
모든 종족에게 바친다.

우리는 개인 단위로, 무리 단위로,
국가 단위로 모두 다르지만
증오와 악을 주입하는 세뇌 교육에
굴하지 말고 한마음으로
선을 위해 함께 싸워야 한다.
역사적으로 우리 모두는
고통과 인내의 세월을 보냈다.

부디 우리가 우리 자신의 미래를
마주할 수 있음을 믿기를.

차례

머리말 … 9

1장　두 반항아　　　　　　　　　　… 12
2장　강가에서의 만남　　　　　　　… 23
3장　수장의 결정　　　　　　　　　… 32
4장　순종하는 아들　　　　　　　　… 41
5장　고집 센 딸　　　　　　　　　　… 50
6장　사냥꾼들　　　　　　　　　　　… 56
7장　사냥당한 자　　　　　　　　　… 65
8장　생존을 위한 달음질　　　　　　… 84
9장　사로잡히다　　　　　　　　　　… 104
10장　"우리는 우리의 미래를 믿어야 해"　… 117

11장	적들과 함께 살다	… 128
12장	아이가 태어나다	… 140
13장	꿈을 좇아서	… 151
14장	해의 땅	… 167
15장	복수	… 188
16장	집으로 돌아가는 먼 여정	… 199
17장	재회	… 208

지은이의 말	… 233
감사의 말	… 238
그위친족과 이누피아크족에 관하여	… 240
옮긴이의 말	… 243

일러두기

본문의 주는 모두 옮긴이의 것이다.

머리말

 이누피아크족의 한 사람으로서 나는 『새소녀』에서 재조명된 아타바스카 원주민의 전설에서 우리 부족이 악인으로 그려져 있는 것을 보고 처음에는 불편하고 난처했다. 북극권인 알래스카 해안지대에서 성장한 내가 유년기에 들은 이야기 중에는 내륙지방의 아타바스카족과 이누피아크족 간의 분쟁에 관한 이야기도 있었다. 이 두 부족은 수천 년 동안 국경을 맞대고 살아왔고, 그러므로 사냥 지역을 둘러싸고 서로 충돌한 것은 이해할 만하다.
 그런데 우리가 들은 이야기에서 아타바스카족은 의뭉스럽고 믿을 수 없는 부족으로 그려져 있었다. 그들을 상대할 때는 무척 조심해야 한다는 것이었다.
 이 작품에서 벨마 월리스는, 아타바스카족의 전설을 바탕으로 그 문화의 관점에서는 사실이라고 할 수 있는, 옛 알래스카에서 살던 이들의 삶에 대한 하나의 초상을 그려냈다.

이 책은, 규범과 전통, 힘과 지식, 의무와 임무가 북극지방의 여러 조건들에 맞서 살아남는 데 무척 중요한 것이었던 삶을 매혹적으로 묘사하고 있다. 그런 가치들을 존중한다는 점에서 두 부족의 문화는 공통점이 많다.

이 이야기의 주인공들인 다구와 새소녀는 그런 일반적인 가치 기준과 갈등을 겪는다. 그들은, 어떤 문화권에서든 특이한 생각이나 의지를 지닌 개인이 결과적으로 무리의 연대나 생존을 위협할 때 겪게 되는 어려움에 봉착한다.

오랜 옛날 이누피아크족과 아타바스카족이 서로 싸웠음에도 불구하고 두 부족의 관계에는 몇몇 긍정적인 면이 있다. 교역의 확장, 동맹, 부족 간의 혼인, 기술의 공유가 그것이다. 현대에 이르러 이누피아크족과 아타바스카족이 외부 세력의 위협으로부터 조상들의 영토를 지키기 위해 연대해서 싸워오면서 보여준 협력은 놀라운 것이었다. 두 부족은 언어와 전통 방식을 되살리기 위해 일한다는 공동의 목표도 가지고 있다. 오늘날 두 문화 모두를 위협하는 공통의 적은, 쇠락해가는 알래스카 원주민 정신, 현대적 생활로 인한 해이, 정체성의 혼돈 그리고 고유 언어의 상실이다.

이 책에서 다루는 부족의 전설은 이런 문제에 희망의 전갈을 건네준다. 온갖 시련과 슬픔 속에서도 다구와 새소녀는 각자 품고 있는 희망과 꿈에 따라 행동하고, 자신의 마음과 의지를 따르는 용기를 보여주었다. 그들은 미래를 믿는 능력을 결코 잃지 않았다.

이레이그루크(윌리엄 L. 헨슬리)*

---

* 이누피아크족의 지도자로서, 알래스카 원주민 부족의 통합을 돕는 '알래스카원주민연합'의 공동 창시자다.

1장

두 반항아

아주 오래전, 여름에는 밤늦도록 해가 빛나지만 치명적인 추위가 찾아오는 겨울에는 거의 해를 볼 수 없는 그런 땅에 그위친족이 살았다. 이 원주민들은, 땅끝에서 땅끝까지 길게 펼쳐진 산맥 남쪽에 있는, 유콘강이라고 불리는 커다란 강 주위의 평원에서 살았다. 그리고 산 너머 북쪽으로 북극해 연안을 따라 치콰이족이 살았다. 그들은 그위친족의 적敵인 에스키모족이었다.

두 부족 모두 큰 무리를 지어 광활한 지역을 옮겨 다니는 순록*을 사냥했다. 순록떼는 매년 겨울을 보내고 나면 산악지대를 가로질러 해안가로 가서 새끼를 낳았다. 이 동물을 사냥하는 과정에서 치콰이족과 그위친족은 때때로 넘어서는 안 될 경계를 넘어 상대의 영역을 침범하기도 했다. 결국 거듭되는 영역 침범과 피로 얼룩진 보복으로 두 부족 간에는 증오가 싹텄다.

그 무렵 서로 다른 그위친족 무리에 좀 특이한 아이들 둘이 있었다. 하나는 소년, 하나는 소녀로 이들은 유별난 반항아들이었다.

소년은 잘생긴 아이로, 아이답게 고운 얼굴에 검은 머리카락을 길게 땋아 늘이고 있었다. 그는 평균키에 늘씬한 근육질의 몸을 하고 있다는 것 말고는 또래와 공통점이 거의 없었다. 그위친족 소년들은 사냥과 경쟁을 즐기도록 교육받았다. 왜냐하면 어른이 되면 그들이 곧 부족의 힘이 될 터였으므로. 하지만 소년은 사냥이나 씨름, 달리기 시합에 관심이 없었다. 그는 외톨이가 되었다.

새의 이름을 따서 지은 그의 이름은 다구, 뇌조**라는 뜻

- 북아메리카산 순록. 유라시아 북쪽에 사는 레인디어와 구별해 카리부라고 부른다.
- ** 극지방에 사는 들꿩과의 새다.

이었다. 그위친족은 그 땅에서 사는 동물을 소중히 여겼고, 그들이 경탄하는 동물의 힘과 기술을 아이들이 닮기를 바랐는데, 뇌조도 그중 하나였다. 아이가 뇌조처럼 날렵한 사람이 되기를 바라는 뜻에서 많은 부모들이, 식물즙으로 염색한 호저豪豬의 가시를 엮어 뇌조의 발 모양 장식을 만들어 아이들의 모카신 위에 달아주었다.

다구의 부모는 여기에서 한걸음 더 나아가 아이에게 뇌조라는 뜻의 다구라는 이름을 붙였다. 세월이 흘러 다구는 튼튼할 뿐 아니라 진짜 뇌조만큼이나 날렵하고 돌아다니기를 좋아하는 소년으로 성장했다. 그는 언제나 평원 곳곳에 흩어져 있는 강과 시내, 호수와 늪 여기저기를 돌아다녔다.

야영지에 머물러 있을 때면 이 호기심 많은 소년은 어른들이 대답하기 곤란한 질문을 쏟아내며 시간을 보냈다. 특히 한 가지 질문에 여러 어른들이 웃음 지었다. 겨울에는 해님이 남쪽으로 도망치는 것 같다고, 날이 갈수록 하늘에 점점 낮게 떠오르다가 지평선 아래로 사라져버리지 않느냐고, 도대체 해님에게 무슨 일이 일어난 거냐고 물었던 것이다.

아이를 만족시키기 위해 어른들은 일 년 내내 태양이 비치는 남쪽의 따뜻한 나라인 '해의 땅' 이야기를 해주었다. 아

주 오래전에 그위친족 한 무리가 해의 땅을 찾아 떠났다는 이야기가 전해내려왔다. 그들 중 몇몇은 그 땅에 이르렀고 다른 몇몇은 미지의 땅에 발을 들여놓기가 두려워 중도에서 고향으로 돌아왔다고 했다.

한 노인이 자신의 증조할아버지가 북쪽으로 돌아온 사람 중 하나였노라고 말했다. 그는 증조할아버지 이래로 전해 내려온, 해의 땅으로 가는 옛 지도에 대해 말해주었고, 어린 '뇌조'를 위해 땅 위에 지도 하나를 그려주었다. 다구는 몹시 기뻐하며 어머니에게 받은 무두질된 무스˙ 가죽 조각에 그 지도를 베껴놓았다.

다구가 다른 어른들에게 이 전설의 땅에 대해 묻거나 그

• 북아메리카 등에 사는 사슴과 중에서 가장 큰 동물이다.

의 지도를 보여주면 그들은 대개 인상을 찌푸릴 뿐이었다. 대부분의 사람들은 그 전설을 진지하게 받아들이지 않은 것이다. 하지만 다구는 전설을 철석같이 믿었다. 어느 날, 이 어린 소년은 자신이 해의 땅을 찾아내고야 말겠다고 맹세했다.

다구가 속한 무리가 야영을 하고 있는 곳에서 한참 떨어진 지역을 돌아다니는 다른 그위친족 무리 중에 주툰바라는 소녀가 있었다. 주툰바란 그녀가 달고 다니는 장신구에서 따온 이름이었다. 주툰바가 아기일 때부터 어머니 나주는 딸을 위해 장신구를 만들었다. 그녀는 무스의 정강이뼈를 구슬 모양으로 갈아 곱게 물들인 다음 한데 엮어 만든 목걸이와 팔찌로 외동딸을 치장해주었다.

딸을 아름답고 여자답게 보이게 하려는 나주의 온갖 노력에도 불구하고 주툰바는 아버지와 세 오빠들의 영향을 훨씬 더 많이 받았다. 아버지 조흐는 자식들이 각자 무기를 만들어 쓰도록 훈련시켰다. 그위친족 남자가 아들에게 그런 훈련을 시키는 것은 당연했지만, 딸을 그런 식으로 교육시키고자 하는 사람은 아무도 없었다. 남자아이들이 사냥을 하고 짐승을 찾아다니는 훈련을 받았다면, 여자아이들은 요리를 하고 아이를 기르고 가죽을 무두질하고 바느질을 하고 식용 식물과 약초를 채취하는 법을 배웠다. 하지만 조호는 자신과 아들들이 하는 일에 흥미를 보이는 딸을 자랑스럽게 여겼다. 그래서 딸이 달리기와 사냥을 익히도록 은근히 부추겼다.

어린 소녀는 열의에 찬 학생이었다. 그녀는 심지어 평원을 자유롭게 날아다니는 새들이 내는 소리를 완벽하게 흉내 내는 법을 터득했다. 그것은 사냥꾼들이 높이 평가하는 기교였다. 새소리를 이용해서 근처에 있는 동물들을 놀라게 하지 않으면서 서로에게 신호를 보낼 수 있었던 것이다. 얼마 지나지 않아 나주는 주툰바에게 요리와 바느질을 가르치려는 시도를 포기하고 집안 남자들이 딸을 훈련시키도록 내버려두었다. 그리고 남편과 아들들이 주툰바를 '새소녀'라는 별명으로 부르는 것도 더이상 반대하지 않았다.

세월이 흘러 조호와 나주의 딸은 젊고 아름다운 여자로 성장했다. 새소녀는 노련한 사냥꾼이 되었고, 먼 거리를 달릴 수 있었으며, 물살이 몹시 빠른 강에서도 헤엄칠 수 있었다. 그녀는 그 야영지의 청년들과 경주를 하고 몸싸움을 하기도 했는데 종종 그들을 이겼다. 그녀의 가족은 강인한 그녀가 능숙하게 기술을 익히고 성장하는 모습을 지켜보며 경탄하고 자랑스러워했다. 하지만 다른 사람들은 그런 그녀를 보고 눈살을 찌푸리기 시작했다.

다구가 살고 있는 야영지에서도 사람들이 그를 보고 눈살을 찌푸렸다. 짐승을 찾아내고 사냥을 하는 대신 언제나 사방을 돌아다니며 안 가본 곳을 탐사하기만 하는 이 소년에 대해 그들은 인내심을 잃고 말았다. 다구가 사냥에 관심을 보이지 않는 것을 노골적인 도발로 간주했다. 다구의 아버지 치진 추는 대부분의 사람들이 쏟아내는 비판을 감수해야 했다.

"저애는 당신 아들이니 당신 책임이오." 사람들이 그에게 말했다.

치진 추는 사람들의 불평에 아무 대답도 하지 않았다. 그와 아내는 다구를 너무 오랫동안 자유롭게 지내도록 용인해 왔음을 인정했다. 이제 다구는 다 큰 성인이었고, 치진 추는 그런 아들을 변화시키기가 어렵다는 것을 알고 있었다.

다구는 일부러 나쁜 아들이 되려고 한 것이 아니었다. 부모를 사랑했고 그들을 기쁘게 해주려 애썼다. 때로 호저나 얼룩다람쥐 같은, 그위친족이 즐겨 먹는 작은 동물을 사냥해 어머니에게 가져다주었다.

하지만 다구는 자기 안에 채워지지 않는 방랑욕이 도사리고 있음을 부정할 수 없었다. 그는 들판을 돌아다니느라 여러 날 동안 집에 돌아오지 않아 부모를 걱정시켰다.

어느 날 저녁 다구가 오랫동안 돌아다니다가 집에 돌아와 보니 아버지가 그를 기다리고 있었다. 다른 사람들의 비난에 마음이 무거워져 있던 치진 추는 아들의 행동을 추궁하기 시작했다.

다구는 마음을 다해 대답했다. "아버지, 저는 이 땅과 저 너머에 무엇이 있는지 궁금해요. 저 산 너머에는 무엇이 있는지 알고 싶어요." 그는 멀리 떨어진 봉우리들을 가리켰다. "우리가 한 번도 가본 적 없는 곳들이 저는 궁금해요. 우리는 매년 똑같은 길로 야영지를 오가잖아요. 우리는 늘 다니던 길에서 벗어난 적이 없어요. 저는 멀리 떨어진 산들을 보면 그 너머에는 무엇이 있을까 궁금해요. 아버지는 궁금하지 않으세요?"

"아들아, 내가 가만히 앉아서 저 산들 너머에 무엇이 있는지 궁금해한다고 해서 우리한테 먹을 고기가 생길까?" 치진 추가 진지한 어조로 아들에게 물었다. "추운 겨울밤을 따뜻하게 해줄 땔감이 생길까? 만약 우리 무리 사람들이 저 산 너머를 살펴보러 떠난다면 많은 생명이 위험에 처해질 것을 각오해야 한단다. 겨울에 대비해 식량을 채집하고 사냥을 해야 할 귀중할 시간을 낭비할 테니까 말이다. 어리석은 호기심 때문에 결국 사람들은 얼어 죽고 굶어 죽게 되는 거란다."

다구의 귀에는 아버지의 말이 제대로 들어오지 않았다. "아버지, 아버지는 태양에 대해서도 궁금하지 않으세요?" 그가 믿어지지 않는다는 어조로 물었다. "해가 밤이면 어디로 가는지, 우리가 높이 쌓인 눈과 추위 속에서 살아남으려고 애쓰는 기나긴 겨울 동안에 도대체 어디에 가 있는지 안 궁금하세요? 어르신들이 해의 땅에 대해 이야기해주셨어요. 언제나 해가 비치는 따뜻한 나라에 대해 말이에요. 우리는 여기서 또 한 번의 추운 겨울을 보내며 고통스러워할 게 아니라 태양을 따라가야 한다고요."

치진 추는 인내심을 잃고 몹시 화를 내며 고개를 흔들었다. 그가 하는 말은 아들에게 전혀 가닿지 않은 것 같았다.

"설사 산을 바라보며 그 너머에 무엇이 있는지 궁금하다 해도 말이다, 애야. 우리는 중요한 것을 항상 잊지 말아야 한단다. 살아남아야 한다는 것 말이다! 이보다 중요한 일은 없단다."

치진 추는 지친 듯이 한숨을 내쉬었다. 왜냐하면 아들을 설득하기가 다른 사람들의 생각처럼 그렇게 쉬운 일이 아니라는 사실을 알고 있었던 것이다. 다구는 언젠가 해를 따라가겠다는 꿈을 갖고 있었다. 그것은 불가능한 꿈이었다. 치진 추는 할 수만 있다면 아들의 꿈을 포기시키고 싶었다. 그는 아들이 옳은 일을 하기를, 동물을 사냥해 같은 무리를 먹여 살리는 데 한몫하기를 바랐다.

그로부터 얼마 지나지 않아 무리의 수장과 부족회의의 남자들이 치진 추에게 와서 말했다. "우리는 당신 아들의 행동을 더이상 참고 볼 수가 없소. 만약 그 아이 손에 우리 목숨을 맡긴다면 대체 무슨 일이 벌어질 것 같소? 우리는 얼마 지나지 않아 모두 죽을 거요. 당신 아들은 도대체 사냥이란 걸 하지 않잖소!" 한 사냥꾼이 말했다.

그런 도전적인 이야기에 예민해진 치진 추는 서둘러 다구를 변호했다. "나는 내 아들에게 사냥에 대해 알아야 할 모든 것들을 가르쳤소. 우리 부족이 어려움에 처하게 된다면, 그애는 당신은 물론 이 야영지에 있는 어느 누구라도 먹여 살릴 거요!"

"그만들 하시오!" 수장이 말했다. 그는, 주먹을 불끈 쥐고 맞서는 두 사람을 향해 그만 조용히 하라는 뜻으로 두 손을 들어올렸다. "입씨름으로는 이 문제를 해결할 수 없소. 우리는 차분하게 이야기를 해야 하오."

그는 치진 추에게 몸을 돌리고 말했다. "당신이 아들과 이야기를 해보시오. 아들에게 우리가 더이상 제멋대로 행동하는 것을 우리가 용납하지 않을 거라고 하시오. 부족의 규범을 따르기를 거부하는 자에게 어떤 일이 벌어지는지는 우리 모두 알고 있소."

다구의 아버지는 아무 말도 못한 채 동의의 뜻으로 고개를 끄덕였을 뿐이었다. 그위친족은 수천 년 동안 그 평원에서 살아오면서 자기들만의 엄격한 규칙을 세웠다. 부족의 생존을 위해 개인은 여자든 남자든 간에 자신의 의무를 이의 없이 완수해야 했다. 복종하지 않는 자는 처벌을 받아야 했다. 이 오래된 관습에 따르기를 거부하는 사람은 무리에서 추방될 수도 있었다. 그위친 사람들이 생존하기 위해서는 동물이나 땅 말고도 연대 의식이 필요했다. 그들은 규칙을 따르는 게 중요하다는 것, 어리석은 반항이 끔찍한 결과를 가져온다는 것을 알고 있었다.

2장

강가에서의 만남

치진 추가 아들을 붙잡고 그런 얘기를 하기도 전에 다구는 평원을 가로질러 다시 방랑을 떠났다. 그로서는 탐사하고 싶은 곳이 너무나도 많았다. 특히 더 북쪽에 있는 언덕에 올라가보고 싶었다. 그러면 멀리 떨어져 있는 산들을 올려다볼 수 있고 그 지방을 가로질러 흘러가는 드넓은 유콘강과 더불어 수백 킬로미터에 걸쳐 펼쳐진 평원을 돌아볼 수도 있을 터였다.

그날 다구는 커다란 강을 따라 걷고 있었다. 여름에는 근방에서 가장 큰 고기인 연어가 강물의 흐름을 거슬러 힘들여 상류로 올라왔는데, 그위친족은 그렇게 올라온 연어를 잡아 버드나무 줄기로 만든 시렁에 걸어 말렸다. 유콘강은 그위친족이 기억하는 한 아득한 옛날부터 그들의 삶을 지속시켜주었다.

다구는 늘 하던 탐사 방식대로 처음 보는 길을 따라 걸었다. 지금 따라가고 있는 길이 어디로 통할지 모른다는 사실은 그에게 짜릿한 즐거움이었다. 때때로 강이나 늪지대의 둑 위에 난, 사람들의 발길로 다져진 길을 걸을 때도 있었지만 그것은 비버나 토끼가 지나다니는, 버드나무 가지나 잡목이 갑자기 가로막는 미지의 길을 발견하기 위해서였다. 동물들은 그런 장애물 아래를 쉽게 돌아다닐 수 있었다. 다구는 또한 딸기류 덤불로 이어지는, 여자들이 만들어놓은 길을 찾아내기도 했다.

한번은 이런 일도 있었다. 어느 봄날 오후 황혼녘의 대기가 진청색으로 바뀌어갈 때 다구는 토끼 한 마리와 여우 한 마리가 버드나무 숲에서 튕겨지듯 달려나오는 모습을 보았다. 그들은 다구 앞을 거의 날 듯이 빠르게 지나갔다. 포식자가 먹이를 쫓고 있었던 것이다. 다구는 그 광경에 감탄하지 않을 수 없었다. 어떤 사람도 그런 장면을 본 적이 없을 거라고 생각했다. 또 어떤 때에는 어머니가 들려주는 이야기에 나오는, 사람을 속여 넘기는 코요테나 여우 같은 짐승을 만날까 두려워 심장이 두근거리기도 했다.

　이런 생각을 하면서 산길을 걷던 다구는 문득 주변에 누군가 있는 듯한 느낌에 고개를 들었다. 눈앞에 젊은 여자가 서 있었다. 그가 몸을 숨기기도 전에 여자는 그를 향해 고개를 돌렸다. 한순간 두 사람은 서로를 응시했다.

　그위친족은 아이들이 어릴 때부터 낯선 사람들을 조심하라고 가르쳤다. 부모들은 아이들이 너무 시끄럽게 굴면 북쪽에서 치콰이족이 와서 납치해 갈 것이라는 말로 겁을 주기도 했다. 근처에 짐승이 있을 경우에 대비해 아이들을 조용히 시키려고 하는 말이긴 했지만, 이런 이야기들은 상상력과 맞물려 한번도 본 적 없는 무시무시한 적들의 모습으로 아이들의 머릿속을 가득 채웠다.

　여자는 무릎까지 내려오는 옷을 입고 있었는데, 아래쪽 끝자락이 그위친족 복식대로 V자 모양으로 재단되어 술이 달려 있어서 다구는 마음을 조금 놓았다. 여자가 하고 있는 동물의 뼈로 만든 알록달록한 목걸이와 팔찌, 들고 있는 활과 화살에 그의 눈길이 닿았고 그 모습에 다구는 이내 호기심을 느꼈다. 장신구를 단 채 무기를 들고 다니는 여자를 만

나다니 신기했다. 다구는 자신도 모르게 이렇게 물었다. "여기서 혼자 뭐 하고 있니?"

여자는 그의 말을 알아듣고 안심이 되는지 미소를 지었다. "난 사냥을 하고 있어." 여자가 간단히 대답했다.

다구는 놀라서 눈썹을 치켜올렸다. 그렇게 탐사를 많이 다니면서도 사람을 만난 적이 없었다. 더구나 혼자 사냥을 다니는 여자를 만나다니, 이는 거의 일어남 직하지 않은 일이었다. 그는 길을 막고 서 있는 이 기묘한 여자에게 어떻게 반응해야 할지 알 수 없었다. 그녀 역시 움직이지 않고 그의 눈길을 마주보았다.

"이름이 뭐니?" 이윽고 여자가 물었다.

그가 이름을 말해주었다.

"난 새소녀라고 해." 이름을 묻지 않았음에도 그녀가 말했다. 다구가 아무 말도 하지 않자 그녀가 물었다. "넌 여기서 뭘 하고 있는 거니?"

다구는 잠시 입을 다물고 어떤 식으로 상황을 설명할지 생각해보았다. 오직 먹고살기 위해 사는 사람들은 왜 그가 여기저기 돌아다니며 귀중한 시간을 낭비하는지 결코 이해하지 못했다.

"그냥 걷고 있었어." 그가 얼버무리듯 말했다.

새소녀의 두 눈이 호기심으로 밝아졌다. '그냥' 걷는다는 이야기는 누구에게든 들어본 적이 없었으므로 더 듣고 싶었다.

하지만 다음 질문을 한 사람은 다구였다. "네 무리가 근처에 있니?"

그녀가 똑바로 바라보자 그는 얼굴이 붉어지는 것이 느껴졌다. 이 여자는 그가 알고 있는 여자들과는 달랐다. 보통 여자들은 남자의 눈을, 특히 낯선 남자의 눈을 똑바로 쳐다보기를 두려워했다. 하지만 그녀는 호기심에 찬 눈으로 그를 바라보더니 다시 입을 열었다.

"난 혼자 사냥을 하고 있는 중이야. 우리 무리는 야영지에 있어." 새소녀가 대답했다. 그녀는 앞에 서 있는 남자가 다른 남자들과 다르다는 것을 알 수 있었다. 그녀 무리의 청년들은 새소녀가 그들과 싸워 이길 때마다 분해하며 경멸과 분노를 쏟아냈다. 그녀는 그들이 자신의 힘과 적극적인 태도에 위협을 느낀다는 사실을 알고 있었다. 하지만 다구는 그녀를 겁내는 것 같지 않았다. 그런데 그녀로서는 그냥 걷고 있다는 말이 무슨 뜻인지 여전히 이해가 가지 않았다.

"너도 사냥을 하고 있었니?" 그녀가 물었다.

다구는 사실대로 털어놓지 않기로 마음먹었다. 그가 자신의 탐사에 대해 애써 설명할 때마다 사람들은 대개 화를 내곤 했던 것이다.

"난 사냥을 별로 안 해. 그냥 동물이 있는지 살피고 있었어." 대신에 그는 이렇게 대답했다.

새소녀는 상대가 말을 얼버무린다는 것을 눈치챘지만, 더 이상 묻지 않았다. 왜냐하면 그의 얼굴이 가면을 쓴 것처럼 딱딱하게 변했기 때문이다.

두 젊은이는 발아래로 강물이 세차게 흘러가는 둑 위에 서 있었다. 그들은 따뜻한 여름날의 풍경을 응시했다. 이제 곧 서늘한 가을로 접어들 터였다. 마침내 다구가 말했다. "난 가봐야겠어." 그는 계속 걷고 싶었다. 여자에게 호기심이 생겼지만 왠지 모를 조바심이 등을 떠밀었다.

두 사람은 작별 인사를 나누었다. 오솔길을 한참 걸어온 다구가 뒤를 돌아보았을 때 새소녀는 그를 바라보고 있었다. 그는 재빨리 고개를 돌리고 걸음을 재촉했다.

새소녀는 미소를 짓고는 고개를 내저었다. 좀 특이한 남자였다. 때때로 뜻밖의 사건이 먹고살기 위해 애쓰는 일상의 단조로움을 깨뜨려주었다. 그녀는 이 우연한 만남을 기억할 터였다.

3장

수장의 결정

어두워져가는 저녁, 새소녀의 아버지 조흐는 하늘 한가운데 있는 아주 작은 빛 조각을 올려다보며 서 있었다. 이맘때에 이 작은 별이 보인다는 것은 여름이 끝났음을 의미했다. 이제 다시 겨울을 준비해야 할 때였다. 그는 몸을 돌려 동물 가죽으로 된 천막으로 돌아갔다. 천막 안에 아내가 앉아 있었다. 그들은 딸에게 전할 소식이 있어서 딸이 오기만 기다리던 참이었다.

"아직 안 왔어?" 집으로 들어오는 남편에게 나주가 물었다. 그가 고개를 끄덕였다.

조흐는 땅이 꺼져라 한숨을 내쉬었다. 그는 자기 딸을 훈육하는 것이 쉬운 일처럼 들리지만 실제로는 그렇지 않음을 알고 있었다. 새소녀는 이제 아이에서 벗어나 성인 여자가 되어가고 있었다. 물속을 조용히 헤엄치는 물고기처럼 온순할 때도 있었지만 어떤 순간에는 수많은 상처를 지닌 늙은 곰이 분노할 때처럼 반항적인 눈빛을 드러내기도 했다. 조흐는 부르르 몸을 떨었다. 그는 어떻게든 용기를 끌어내어 딸에게 결정 사항을 알려줘야 했다.

조흐는 이런 어려움이 닥치기 전의 나날들을 떠올려보았다. 그와 아내는 딸을 사랑했으므로, 그위친족 여자가 갖춰야 할 기술을 배우는 데 집중하라고 아이를 몰아붙이는 대신 뛰어다니며 사냥하는 일을 허락했다.

처음에는 아무도 반대하는 사람이 없었다. 새소녀는 오빠들처럼 사냥을 해서 가족에게, 그리고 사냥을 할 수 없는 다른 사람들에게 고기를 가져다주었다. 조흐는 자신과 아들들이 가르친 사냥술을 훌륭하게 체득한 딸을 얼마나 자랑스러워했는지를 떠올렸다. 그녀는 지치는 기색 없이 먼 거리를 달릴 수 있었고 쓰러진 나무를 가볍게 뛰어넘었으며 여러 종류의 동물을 사냥했다. 하지만 조흐가 가장 자랑스러워했던 것은 그녀의 오빠들을 포함한 부족의 청년들 중 그 누구보다도 새소녀가 모든 점에서 뛰어나다는 사실이었다. 그것은 그의 가르침이 뛰어나다는 걸 증명해주는 일이기도 했다.

오늘 사람들이 그에게로 와서 불평을 말하기 전까지 조흐는 그것이 자신의 실수였음을 깨닫지 못했다. 남자들 몇몇은 가족에게 새소녀가 사냥한 고기를 가져다줌에도 불구하고 그녀를 인정하지 않았다. 그들은 그녀가 혼인을 해야 한다고 여겼다. 몇몇 남자들이 한데 모여 지도자에게 이 문제에 관심을 가져달라고 요구했다.

무리의 수장은 그의 무리가 평화로운 가운데 함께 일함으로써 그 땅에서 살아남는 것을 무엇보다 중요하게 생각하는 사람이었다. 새소녀에 대해서는 특별한 견해를 갖고 있지 않았다. 그녀가 사냥꾼으로 지낸다고 해도 아무런 불만이 없었지만 그녀가 혼인해서는 안 될 이유 또한 알 수 없었다. 지금 그녀가 혼인을 하겠다고 나서면 어떤 남자든 기쁘게 응하겠지만, 시간이 흐르고 나면 결혼하기에는 너무 늦은 여자로 여겨질 터였다. 그녀가 혼인을 해야 한다고 모든 이들이 생각한다면, 그는 자신이 해야 할 일을 함으로써 그렇게 되도록 만들 터였다.

무리의 모든 남자를 거느리고, 수장은 조흐 앞에 서서 무심한 어조로 말했다. "당신 딸은 혼인할 나이가 되고도 남았소. 남자와 짝을 지었어야 할 때가 오래전에 지났단 말이오. 우리는 당신이 그녀에게 남편감을 골라주기를 바라오."

조흐는 침묵을 지켰다. 여기 온 사내들이 자기 딸에게 오랫동안 불만을 품어온 것이 아닐까 생각했다. 딸은 적극적이었고 언제나 질문이 많았으며 남자들의 눈을 똑바로 바라보았다. 반면 다른 여자들은 남자들의 말을 조용히 들었고 그들의 권위에 도전하지 않았으며 그들의 말에 복종했다.

조흐는 딸을 변호하고 싶었고, 혼인을 받아들일 시간이 그녀에게 좀더 필요하다고 말하고 싶었지만, 동료 사냥꾼들과 입씨름을 벌일 수가 없었다. 그는 비난받아야 할 사람이 자신임을 알고 있었다. 사람들은 여러 세대 동안 엄격한 규칙을 따라 살아왔고, 전통이 모든 것에 균형을 잡아준다는 점을 알고 있었다. 하지만 결코 깨서는 안 될 하나의 규칙을 자기 딸이 깨뜨리는 것을 의도적으로 용인했다. 아내가 해야 할 일을 떠맡아 스스로 딸을 교육했던 것이다. 이제 새소녀는 아비의 실수에 대한 대가를 치를 터였다.

늦은 저녁, 새소녀의 부모는 사냥에서 돌아온 딸이 밖에서 움직이는 기척을 들었다. 그녀는 사냥한 호저와 오리 몇 마리를 집으로 가져와 다음날 어머니가 요리할 수 있도록 모닥불 근처에 내려놓고 있었다.

그녀가 자리를 뜨려는 순간, 집안에서 아버지가 목소리를 낮추어 그녀를 불렀다. "안으로 좀 들어오렴."

새소녀는 놀랐다. 왜냐하면 부모의 거처 안으로 들어오라는 말은 여간해서 나오지 않기 때문이었다. 그녀는 버드나무 가지로 틀을 세우고 무두질하지 않은 순록 거죽을 덮은 천막 안으로 가볍게 걸어들어갔다. 아버지와 어머니가 난로를 둘러싸고 심각한 표정으로 앉아 있었다. 잉걸불이 부드럽게 빛을 발하고 있었다.

"무슨 일인데요?" 그녀가 말했다. 부드러운 어조와는 달리 그녀의 눈에는 의아해하는 기색이 어려 있었다.

"앉아라." 아버지가 말했다.

새소녀는 책상다리를 하고 앉아 부모를 바라보았다. 어머니는 눈길을 피했고, 아버지의 목소리는 긴장되어 있었다. 뭔가 잘못된 것 같았다.

"무슨 일이에요?" 그녀가 물었다.

조흐는 용감한 사냥꾼으로, 모두들 그의 사냥술과 힘에 감탄했다. 극도로 위험한 상황에서 그가 보여준 엄청난 용기에 다른 남자들은 존경을 표했지만, 조흐는 지금 그들에게 자신의 모습을 보여준다면 조롱을 면치 못하리라는 것을 알고 있었다. 왜냐하면 딸에게 혼인 이야기를 할 용기가 나지 않았던 것이다.

나주가 남편의 망설임을 눈치채고 그의 옆구리를 세게 찔렀다. 조흐는 그럴싸하게 포장하지 않기로 마음먹고 즉각 본론으로 들어갔다. 그의 딸은 진실을 들을 필요가 있었다.

"우리 무리의 수장께서 네가 혼인하기를 원하신단다. 그의 말씀이, 더이상 기다릴 수 없다는구나. 그의 지시에 불복하는 사람들에게는 중한 벌이 내려진다는 것은 너도 알 거다." 그가 말했다. 새소녀는 깜짝 놀라 아무 말도 하지 못하고 그의 말을 들었다. "내일 네가 준비가 되면 우리가 네 남편감을 찾아주마."

새소녀가 처음으로 보인 반응은 눈을 깜박거리는 것뿐이었다. 자신의 귀를 의심했지만, 부모의 심각한 태도로 미루어 아버지의 말이 사실임을 알았다. 그녀는 마음속에서 거부감이 치밀어오르는 것을 느꼈다.

"하지만 아버지, 제가 혼인할 준비가 될 때까지 기다려주시면 안 될까요? 제겐 시간이 좀더 필요해요." 그녀가 항의

했다.

 새소녀는 무리 중 몇몇 사람들이 자신에게 불만을 품고 있음을 의식하고 있었다. 그녀는 종종 그들 때문에 마음이 상했다. 여자들은 그녀를 놀렸고, 남자들은 그녀를 무슨 괴상한 동물처럼 취급했다. 나이든 남자 어른들은 그녀가 어떤 식으로든 또래 아이들에게 나쁜 영향을 준다는 듯이 행동했다. 그럴 때면 새소녀는 언제나 아버지에게 달려가 위로와 이해를 구했다. 조흐는 사람들이 언젠가는 그녀를 인정해줄 것이라며 여러 차례 딸을 안심시켰다.

 이제 조흐는 자식에 대한 사랑으로 눈이 멀어 있던 과거의 그가 아니었다. 딸이 무리의 규칙을 애써 따르기 전까지는 사람들이 결코 그녀를 받아주지 않으리라는 사실을 깨달았다.

 "안 된다, 얘야. 우리는 내일 함께 이 일을 해야 해. 우리는 복종해야만 해. 왜냐하면 우리의 지도자에게도 다른 방법이 없거든." 그는 엄청난 충격을 받은 듯한 딸의 표정을 보고 마음이 아팠다.

 새소녀는 아무 말도 하지 않았다. 아버지의 말이 다 끝나기도 전에 자신이 그 말을 따를 수 없음을 알고 있었다. 원하지 않는 남자와 혼인할 수 없었고, 그 남자의 아이들을 낳을 수 없었다. 그녀는 다른 여자들과 달리 자유의 맛을 알고 있었다. 그런 자유를 허락해준 바로 그 사람이 지금은 반대로 자유를 빼앗으려 하고 있었다. 새소녀는 자기 무리의 사람들이 전통에 따라 살고 있음을 알고 있었지만 이것만은 받아들일 수 없었다. 너무 오랫동안 자유로운 삶에 익숙해져 있었던 것이다.

자신이 무슨 말을 하든 언쟁만 심해지리라는 것을 알고 그녀는 침묵을 지켰다. 이 덫에서 빠져나갈 방법을 찾느라 마음속은 여러 가지 생각으로 소용돌이쳤다. 아버지는 그녀를 잘 알고 있었으므로 새소녀는 자신의 감정을 겉으로 드러내지 않도록 주의를 기울였다. 그녀는 알겠다는 듯이 고개를 끄덕였다.

조흐는 의혹에 가득차 있었다. 딸의 눈에서 언뜻 반항의 기운을 보았지만 다시 그를 바라보는 새소녀의 얼굴에는 깊은 슬픔만이 떠올라 있었다. 그는 딸이 자신의 말을 따르기로 결심했다고 여기고 긴장을 풀었다. 새소녀가 일어서자 아내가 안도의 한숨을 내쉬는 소리가 조흐의 귀에 들려왔다.

"아침에 보자, 주툰바." 나주가 부드럽게 말했다. 그녀는 딸에게 어떤 식으로든 모든 게 다 잘될 거라는 마음을 전하고 싶었다. 새소녀는 고개를 끄덕여 보이고 부모의 천막을 나왔다.

조흐와 아내는 얼굴을 마주보았다. 딸이 한바탕 소란을 피울 것이라고 예상했지만 그녀는 변변한 항의조차 하려 들지 않았다.

"아무래도 저애가 몹시 피곤한 모양이야." 나주가 딸의 행동을 이해하려 애쓰며 말했다. 하룻밤 쉬고 식사를 잘하고 나면 새소녀가 온 힘을 끌어모아 반격에 나서지 않을까, 그들은 걱정스러웠다.

4장

순종하는 아들

새소녀에게 작별 인사를 한 후 다구는 산길을 따라 줄곧 걸었다. 그 길은 유콘강의 강둑을 따라 생각보다 훨씬 더 멀리까지 뻗어 있었다. 그는 오랫동안 걸은 끝에 이윽고 너무 멀리 왔다고 판단하고 집으로 돌아가기로 결정했다.

야영지에 돌아오자 부모가 걱정을 하며 기다리고 있었다. 다구가 그렇게 오랫동안 나가 있을 것이라고 미리 말해두지 않았던 것이다. 그의 아버지는 흥분하지 않겠다고 결심했다. 다구에게 가능한 한 부드러운 어조로, 다 자란 성인 남자라면 책임감을 가져야 하고 무리에게 도움이 되는 행동을 해야 한다고 이야기할 생각이었다. 하지만 얼굴에 태평한 미소를 띠고 야영지 안으로 들어오는 다구를 보자 화가 치밀어올랐다.

"어떻게 이렇게 걱정을 시킬 수가 있느냐?" 치진 추가 거세게 화를 냈다. "넌 다른 사람 생각은 안 하는 거냐? 네 어머니는 네게 일어났을지 모를 온갖 일을 상상하고 있었는데!"

아버지의 흥분한 목소리에 놀란 다구는 해명을 하려 했으나 아버지는 말을 계속했다.

"네가 계속 이런 식으로 행동한다면 이 집에 네가 있을 자리는 없을 거다." 치진 추가 말했다.

다구는 믿어지지 않는다는 듯이 물끄러미 아버지를 바라보았다. 그의 부모는 이제까지 탐사를 허락해주었다. 그런데 어째서 갑자기 마음이 바뀐 걸까?

"아버지, 진심으로 하시는 말씀은 아니죠." 이윽고 다구가 가까스로 말했다.

"진심으로 하는 말이다, 아들아. 네 방식을 바꾸지 않는다면 난 너와 관계를 끊고 말겠다." 치진 추는 자신의 말이 가혹하게 들리리라는 것을 알고 있었지만, 어떻게든 아들의 행동을 바꾸어 무리에 융화시키겠노라고 굳게 결심했다.

다구는 혹시 자신의 편을 들어줄까 해서 어머니를 바라보았지만 어머니는 눈길을 피했다.

"지금부터 너는 모든 사냥과 정찰에 참여해야 한다. 그러지 않으면 혼자 힘으로 살아가야 해." 치진 추가 말했다. 다구의 얼굴에 좌절한 표정이 떠오르자 그의 목소리가 부드러워졌다. "이제부터 넌 진정한 그위친 남자답게 행동해야 한다. 사냥을 해서 가족을 돌봐야 하고. 우리에겐 사냥꾼이 한 명 더 필요하다."

"아버지, 제가 그동안 제 몫을 하지 못했다는 건 압니다." 다구가 인정했다. "아버지 말씀을 따를 테니 남는 시간에 탐사를 나갈 수 있도록 허락해주시겠어요? 전 둘 다 할 수 있어요."

치진 추는 주의 깊게 다구를 살펴보았다. 왜냐하면 아들이 어떻게든 빠져나갈 길을 찾으리라 예상하고 있었던 것이다. "그렇게 하마, 아들아. 네가 조만간 훌륭한 사냥꾼이 되었다는 것을 증명한다면 말이다." 그가 평온한 기색으로 대답했다.

탐사를 더이상 할 수 없다는 생각에 다구의 마음속에서는 조용한 분노가 타올랐다. 무리를 떠나 혼자 살아갈 방도를 궁리해보았지만 자신이 혼자 힘만으로 살아남을 준비가 되어 있지 않다는 것을 알고 있었다. 그런 때가 언젠가는 올 터였다. 그는 알겠다는 뜻으로 고개를 끄덕였다.

다구가 무리의 방식에 순응하기까지는 그리 오래 걸리지 않았다. 아버지에게서 배운 기술을 사용해 그는 호저와 토끼, 들꿩, 오리 들을 사냥했다. 무리의 모든 이들이 그 청년이 달라졌다는 사실을 알게 되었다. 다른 사냥꾼들도 인정한다는 뜻으로 고개를 끄덕였다. 그들은 자신들이 치진 추를 설득해 그의 아들의 행동을 바로잡게 한 것이 옳았다고 느꼈다. 왜냐하면 다구가 훌륭한 사냥꾼이 되었음이 증명되었던 것이다.

다구는 자신에 대한 무리의 태도가 달라졌다는 사실을 알았다. 그는 화가 나서 생각했다. '이러다간 모두의 관심을 받는 존재가 될 수도 있겠는걸. 내가 하고 싶은 대로 하면 저들은 나를 거부하고 협박하지. 자기들이 원하는 대로 할 때만 나를 인정해주는 거야.'

어느 날 저녁 남자들이 다음날 있을 순록 사냥을 준비하고 있을 때 다구는 어머니와 함께 모닥불가에 앉아 야영지를 둘러보았다. 그들 무리는 순록떼가 다른 곳으로 이동할 때까지 그곳에서 겨울을 날 터였다. 다구는 익숙한 장소의 풍경을 보고 소리를 듣고 냄새를 들이마셨다. 대기는 흙과 나무와 연기 냄새, 그리고 거기에 최근 내린 비 냄새까지 한데 섞여 기분 좋은 냄새로 가득차 있었다. 아이들이 웃음을 터뜨리자 가까이 있을지 모를 동물들이 달아날까봐 걱정된 어른들은 조용히 하라고 주의를 주었다.

이런 삶의 방식은 익숙하고 편안했지만 다구는 그 이상을 원했다. 꿈을 따라 떠나는 대신 이 무리와 함께 머문다면 자신의 영혼은 천천히 죽어가리라는 것을 알았다.

1미터 정도 떨어진 곳에서 어머니 슈린야가 다구를 지켜보고 있었다. 그녀는 언제나 호기심과 궁금증으로 가득찬 얼굴을 하고 있던 씩씩한 아이 다구를 기억했다. 주위의 세상을 열정에 차서 탐사하는 아들을 지켜보는 것은 즐거운 일이었다. 그런데 이제 다구는 여러 가지 생각에 잠겨 슬퍼 보였다.

슈린야는 다구가 태어나기 전 첫아들을 유산했을 때 자신이 얼마나 슬퍼했던가를 떠올렸다. 그녀와 남편은 젊고 건강한 자신들에게 유산 같은 일은 일어나지 않으리라 믿었기에 망연자실했다. 그후 부부는 삶에 대해 신중하고도 겸허

한 태도를 취하게 되었다.

다구가 태어나자 그들은 이 아이까지 잃을까봐 두려웠다. 그래서 아이를 과보호하게 되었고 엄하게 훈육하는 대신 아이가 하고 싶어하는 일을 하도록 내버려두었다. 그런 식으로 그들은 아이의 버릇이 나빠지게 만들었다. 지금 다구가 고통스러워하는 이유는 부모가 아이를 그런 식으로 키웠기 때문이었다. 다구는 자신에게 부모님이 가장 필요한 지금 왜 두 분이 등을 돌리는지 알 수 없었다. "언젠가는 저애도 이해할 거야." 슈린야는 속으로 중얼거렸다.

그녀가 큰 소리로 말했다. "들락 주가 아까 왔었단다. 그 애가 크랜베리 소스를 만들었어. 좀 먹어보렴."

다구는 혼잣말로 투덜거렸다. 그는 어머니와 '작은 다람쥐'가 무슨 꿍꿍이속인지 알고 있었으므로 그들의 혼인 중매에 전혀 호응할 마음이 없었다. 다구 또래의 남자들은 대부분 이미 여자와 짝을 지었지만 그는 가정을 책임지는 일을 피하고 싶었다. 그는 벌써 압박감을 느끼고 있었다. 혼인은 그가 이 무리를 떠나 단신으로 세상에 나갈 가능성을 완전히 없애고 말 터였다.

그래서 다구는 음식 먹기를 마친 다음 말했다. "나중에요.

사냥을 나가기 전에 좀 쉬어야겠어요."

걸음을 옮기면서 그는 어머니가 한숨을 내쉬는 소리를 들었다. 다구는 자신이 가족을 결코 만족시킬 수 없다는 사실이 안타까웠다. 아버지는 그가 사냥꾼이 되기를 바랐고, 어머니는 손주를 원하고 있었다. 부모가 원하는 모든 일이 그의 마음먹기에 달려 있었으며, 그로서는 그런 부담감이 서글프게 느껴지기만 했다.

그는 자신의 거처로 들어가 잠자리에서 팔다리를 뻗고 문간 바깥의 하늘을 내다보며 천천히 지는 해를 지켜보았다. 해는 여름이면 하늘 높은 곳에서 찬란하게 빛났지만, 겨울이 다가옴에 따라 서서히 떠나가 이곳을 춥고 어둡게 만들었다.

지금부터는 내리는 눈과 함께 살풍경한 적막만이 있을 터였다. 그는 살아남기 위해 자신들 무리와 함께 투쟁해야 할 혹독한 겨울을 떠올려보았다. 그런 때면 사람들은 서로 즐겨 어울리는 대신 침울해지고 험상궂어졌다. 최악의 자연조건에 맞서 살아남기 위해 싸우고 있다는 것을 의식하고, 모두들 해야 할 일을 군말 없이 수행했다. 꿈을 꾸거나 탐사를 할 시간, 심지어 가벼운 대화를 나눌 시간조차 없었다.

'어떻게 하면 미치지 않고 살 수 있을까?' 그는 자문했다.

다구는 문제를 일으키고 싶지 않았지만 이 땅에서 또 한 번의 겨울을 보낸다는 생각을 하면 할수록 의기소침해졌다. 그는 다음날 순록 사냥을 마친 다음 아버지에게 혼자 떠나겠다고 이야기하기로 마음먹었다.

물론 부모님은 슬퍼할 테지만 그는 자신이 계속 부모의 바람을 따라 산다면 무리의 생활 속에 깊이 휘말리게 되리라는 것을 알고 있었다. 그렇게 되면 조상의 흔적을 따라 해의 땅에 대한 전설이 사실인지 아닌지 알아보겠다는 꿈을 포기할 수밖에 없을 터였다.

다구는 항상 지니고 다니는 무스 가죽에 그려진 지도를 꺼내 손가락으로 해의 땅으로 가는 길을 더듬어보았다. 밤이 되어도 춥거나 어둡거나 황량하지 않은, 푸르고 무성한 나무들이 있는 땅을 상상 속에서 그려보았다. 그 땅에 사는 행복한 사람들은 한밤중 울부짖는 배고픈 늑대의 외로운 울음소리를 들어본 적이 없으리라. 그곳에서의 삶은 훨씬 편안하고, 자취를 감춘 무스떼를 찾아 높이 쌓인 눈을 뚫고 무거운 발걸음을 옮겨놓을 필요도 없으리라. 그런 곳은 반드시 존재할 터였다. 나이 많은 어른들이 그토록 생생한 이야기들을 들려주지 않았던가. 다구는 그곳을 찾아내고야 말겠다고 다시 한번 결심하고는 눈을 감고 잠에 빠져들었다.

5장

고집 센 딸

부모 앞을 물러난 새소녀는 자신의 거처로 갔지만 안으로 들어가지는 않았다. 대신 근처의 가문비나무에 기대앉아 생각을 가다듬었다. 지금껏 착한 딸이 되려고 애썼다. 머릿속에 남자들의 웃음소리와 말소리, 아버지의 진지한 가르침이 떠올랐다. 아버지가 자신과 단 둘이 앉아 그 땅과 동물들에 관한 지식을 전수해주고 가족을 부양하며 살아가는, 삶의 가장 좋은 방식을 설명해주는 것을 들으면서 자부심에 차서 얼마나 여러 차례 아버지를 존경의 눈길로 바라보았던가.

한순간 새소녀는 어머니를 떠올렸다. 나주의 부드럽고 이해심 많은 미소와 그녀가 만들어주는 따뜻하고 맛있는 음식을 떠올리자 마음이 부드러워졌다. 하지만 어머니의 독자적인 생각이나 생활 방식은 무엇이 있나, 아무리 생각해도 떠오르지 않았다.

이어 무리의 남자들에 대한 생각이 머릿속에 불쑥 떠올랐다. 새소녀는 벌떡 일어나 반항적인 태도로 왔다갔다하기 시작했다. 그녀는 혼인을 할 수 없었다. 지금은 그럴 수 없었다. 할 일이 너무 많았다. 올해 아버지에게 순록 사냥에 데려가 달라고 간청했을 때 아버지가 가볍게 고개를 끄덕이지 않았던가. 그녀는 엄청난 순록떼를 아직 본 적이 없었다. 가을마다 남자들이 사냥을 떠날 때 다른 여자들과 아이들과 함께 야영지에 남아 있었다. 하지만 오빠들이 사람들의 추격을 받고 언덕을 가로질러 달려가는 순록떼에 대해 말해주었다. 강한 팔을 가진 남자라면 순록을 여러 마리 때려눕힐 수 있었다.

만약 혼인을 한다면 그녀는 영영 순록을 사냥하지 못할 터였다. 대신 남편이 사냥을 나간 동안 다른 여자들과 함께 야영지에 남아 있어야 할 것이다.

새소녀는 부족의 무리 내에서 자기와 혼인할 가능성이 있는 남자에 대해 생각해보았다. 줄곧 자신을 멸시하던 남자

중 하나와 혼인한다고 상상해보았다. 그곳을 방문한 다른 무리의 그위친족과 짝을 짓는 운 좋은 여자도 있었다. 하지만 대부분 자기 무리의 남자 중 하나와, 가까운 친척은 아니지만 평생 알아온 누군가와 혼인했다. 운이 아주 나쁜 경우에는 아이를 여럿 낳은 전처와 사별한 남자와 짝지어지기도 했다. 그럴 경우 그와 혼인한 여자는 자신이 낳은 아이들뿐 아니라 전처의 아이들까지 돌보아야 했다. 여자의 삶은 쉽지 않았다.

새소녀는 혼인한 여자로 살아갈 자신의 모습을 떠올려보았다. 아기들을 낳는 대로 돌보고, 젖을 먹이고, 입힐 옷을 바느질하고 음식을 만들면서 그들이 다 자랄 때까지 한 해 한 해를 보낼 터였다. 그들이 성인이 되었을 무렵 자신은 늙은 여자가 될 터였고, 젊은 사람들은 아무에게도 쓸모가 없어진 그녀와 거리를 둘 터였다.

그렇게 사느니 차라리 죽는 편이 낫다고 종종 생각해오지 않았던가. 한순간 그녀는 자살을 생각해보았다. 하지만 새소녀는 죽을 준비가 되어 있지 않았다. 한밤중에 이럴 수도 저럴 수도 없는 갈등에 빠진 채 별들로 가득찬 하늘을 올려다보며 서 있었다.

만약 그녀가 혼인하지 않겠다는 자신의 뜻을 받아들이도록 부모를 설득할 수 있다고 해도, 그녀의 가족은 무리에서 추방될 터였다. 무리의 결정에 불복하는 것은 죄악이었다. 그런 식으로 그위친족은 질서를 잡아왔다.

돌연 새로운 희망이 마음을 가득 채웠다. 어쩌면 그녀의 가족이 무리와 떨어져 독자적으로 살아갈 수 있을지도 몰랐다. 그녀와 집안의 남자들은 훌륭한 사냥꾼이었고, 어머니와 새언니들은 사냥 이외의 일들을 할 수 있었다. 새소녀는 당장이라도 아버지에게 달려가 무리로부터 벗어나자고 청하고 싶었다. 하지만 조흐의 엄한 얼굴을 떠올리고는 그것이 희망사항에 지나지 않는다는 사실을 깨달았다. 아버지와 오빠들이 자신에게 사냥을 허락하긴 했지만 그들은 전통을 중요시하는 남자들이었으므로 그녀가 무리의 규칙에 따르기를 바랄 터였다.

그녀는 거처로 들어가 잉걸불을 뒤적여 불을 피우기 시작했다. 위쪽의 마른 가지에 불꽃이 올라붙기를 기다리면서 새소녀는 뒤로 기대앉아 생각을 가다듬으려 애썼다. 혼인을 거부한다고 해도 사람들은 결국 그녀를 혼인하게 만들 터였다. 그렇게 되면 다시는 이전으로 돌아갈 수 없었다. 일단 혼인을 하면 대부분의 여자들은 곧 임신을 했다. 새소녀는 많은 여자들이 남자와 짝을 지은 후 1년 이내에 부른 배를 하고 느릿하게 걸어다니는 것을 보았다. 그녀는 여자들이 야영지 밖으로 아기를 낳으러 간 후 그곳에서 들려온 고통스러운 비명소리를 똑똑히 기억했다. 때때로 출산 과정이 힘든 경우 산파 혼자만 가엾은 아기를 안고 돌아오는 일도 있었다.

또 운이 나쁜 경우 딸을 낳으면 아버지가 자신은 아들을 원한다는 이유로 아기를 죽이라는 명령을 내리기도 했다. 또한 사산한 여자들이 슬픔에 잠겨 고통스러워하는 모습도 본 적이 있었다. 새소녀는 그런 상황을 견딜 수 있을 것 같지 않았다.

새소녀는 자신이 혼인할 준비가 전혀 되어 있지 않다는 것을 점점 더 확신할 수 있었다. 이제 몇 시간 후면 무리가 잠에서 깨어 움직이기 시작할 터였다. 그리고 더이상 지체 없이 일이 진행될 터였다. 그녀는 새로운 삶을 시작해야 할 터였다.

새소녀는 서둘러 물건을 챙겼다. 침구 외에 가진 물건이라고는 동물의 가죽이나 털로 만든 옷가지와 활과 화살, 칼과 손도끼뿐이었다. 그녀가 살아남기 위해 필요한 모든 것이었다.

그녀는 조심스럽게 거처를 나왔다. 그녀가 야영지를 나서는 모습을 누군가 본다면 경보를 울릴 터였다. 그녀는 제지당하지 않고 떠나고 싶었다. 그녀가 혼자 힘으로 살아남아 무리에 대한 의무에 더이상 묶일 필요가 없다는 것을 사람들이 이해하게 되면, 가족을 만나러 오고 가족도 그녀를 만나러 올 수 있을지도 몰랐다. 그것이 새소녀가 바라는 바였다.

새소녀는 가벼운 가을바람에 잎이 부드럽게 흔들리는 키 큰 가문비나무 사이를 소리 내지 않고 걸었다. 변함없이 흘러가는 강의 어둑한 잔물결에 비친 하늘을 볼 수 있었다. 물고기잡이 철인 여름에 가족과 물고기를 잡는 즐거움을 앞으로 오랫동안 나눌 수 없으리라는 사실을 깨닫자 마음이 아파왔다. 가족에 대한 사랑은 강했지만 자유롭고 싶다는 열망은 더 강했다. 그녀는 사랑하는 이들에 대한 모든 생각을 마음속에 묻고, 자신의 자유를 빼앗으려는 사람들로부터 차분한 걸음으로 벗어났다.

6장

사냥꾼들

이른 아침 무리의 모든 건강한 남자들과 다구는 길을 떠났다. 허리에는 칼과 손도끼를 차고, 어깨에는 끈으로 맨 활과 화살, 그리고 말린 고기와 생선을 담은 자루를 메고 떠나는 가벼운 원정이었다. 그들은 모카신을 신고 순록떼가 있는 고산지대로 통하는 익숙한 길을 가볍게 걸었다.

긴 여정 동안 사람들은 기다란 카누 두 척을 다른 사람들과 번갈아가며 어깨에 메고 이동했다. 목적지에 반쯤 다다랐을 무렵 자신의 차례가 되자 다구는 카누 하나를 받아들었다. 양쪽 끝이 위로 휘어진, 길고 단단한 가문비나무로 만들어, 자작나무 껍질로 완벽하게 방수 처리를 해놓은 배였다. 사냥을 마친 후 사람들은 이 카누에 순록 고기를 싣고 수심이 얕고 물살이 빠른 강의 지류를 통해 야영지로 돌아갈 터였다.

사냥꾼들은 하루종일 걸은 다음 소박한 음식을 먹고 누워서 쉬었다. 먼동이 트자마자 그들은 사냥을 준비하기 시작해 순록떼가 풀을 뜯고 있는 가까운 계곡을 향해 출발했다.

계곡을 향해 오르막을 올랐다가 다시 내려가면서 다구는 수백 마리의 순록들이 흩어져 땅에서 이끼를 뜯어먹는 광경을 보고 헉하고 숨을 멈추었다. 사람들은, 태평하게 풀을 뜯는 짐승들이 그들의 냄새를 맡을 수 없도록 바람을 거슬러 네발로 기어 다가가기 시작했다. 모든 사냥꾼들이 지도자를 바라보고 있었다. 지도자는 두 손으로 사람들에게 신호를 해서, 멈출지 공격할지를 알렸다. 다구는 자기 앞에 있는 아버지와 무리의 수장을 지켜보다가, 하얀 이끼를 우아하게 뜯고 있는 순록들에게 한순간 눈길을 빼앗겼다. 문득 손바닥이 나뭇가지에 닿는 것이 느껴졌는데, 그는 제때 동작을 멈추지 못하고 그만 나뭇가지를 부러뜨리고 말았다. 요란한 소리가 났다.

다구는 심장이 멎는 것 같았다. 순록들이 일제히 고개를

들어올렸던 것이다. 사람들도 그 자리에 얼어붙었다. 잠시 후 순록들이 긴장을 풀었다. 수장이 몸을 돌리더니 다구에게 움직이지 말라고 손짓했다. 다구는 수치심이 전신을 휘감는 것을 느꼈다. 그의 부주의 때문에 하마터면 이 사냥을 망칠 뻔했던 것이다.

다구는 사람들이 조심스럽게 순록떼에게 접근하는 것을 지켜보았다. 위풍당당한 모습의 순록이 아무런 눈치도 채지 못한 듯 주위를 둘러보았다. 자신의 무리가 먹고살기 위해 이 동물들을 죽여야 한다는 사실에 다구는 슬펐다.

"나는 결코 사냥을 즐기는 사람이 되지 못할 거야." 다구는 속으로 생각했다. 아버지와 다른 사람들이 순록들에게 점점 더 가까이 다가가는 모습을 바라보며 그는 한순간 안타까움을 느꼈다.

갑자기 사람들이 몸을 일으켰다. 그들은 목표물을 향해 창을 던진 다음 칼을 들고 달려나가, 도망치는 순록들이 일으킨 뽀얀 먼지 속에서 땅에 쓰러져 있는 순록들을 사냥했다.

여러 달 후에 있을 다음 사냥까지 그들 무리가 먹고살기에 충분한 양의 순록 고기를 얻었다고 판단한 수장은 이윽고 다구에게 손짓을 해서 작업에 참여하도록 했다. 사람들은 순록의 껍질을 벗기고 고기를 잘라냈다. 그들은 적당한 크기로 나눈 고기를 순록 거죽으로 싸고 생가죽을 꼬아 만든 끈으로 단단히 묶었다. 그런 다음 가죽에 싸인 무거운 고기를 사냥터를 가로질러 강으로 끌고 갔다.

그 일이 끝날 무렵에는 이미 너무 어두워져서 강을 통해 돌아갈 수가 없었으므로 그들은 야영을 했다. 다구는 자신의 실수를 만회하기 위해 피곤한 몸을 이끌고 열심히 일했다. 혼자서 순록 두 마리의 가죽을 모두 벗기고 고기를 토막내고 강가로 끌고 갔지만, 힘이 들기보다 오히려 기운이 났다. 그 일을 통해 충만한 에너지를 얻었다. 그래서 다른 사람들이 잠에 빠진 후에도 혼자 잠을 이루지 못하고 바닥에 누운 채 엎치락뒤치락하며 하늘을 바라보았다. 이윽고 그는 더이상 가만히 누워 있을 수가 없었다.

몸을 일으킨 그는 발끝으로 조용히 걸어 야영지를 빠져나와 강가로 갔다. 커다란 바위를 발견하고는 조심스럽게 그 위에 앉아 두 팔로 두 다리를 감싼 다음 최면에 빠진 것처럼 어둠 속을, 벨벳 같은 강을, 흐르는 물과 잔물결 위에 비친 반짝이는 별빛을 응시했다.

내일 몇몇 사람들이 선발대로 카누를 타고 떠나면, 그는 이번 겨울에 무리와 함께 머물며 사냥을 하는 대신 홀로 떠나겠다고 아버지에게 말할 터였다. 원래의 야영지로 돌아가는 먼 길을 걸으면서 아버지와 자신 사이에 혹시 있을지도 모르는 서운한 감정을 풀 수 있기를 바랐다.

"어쨌든 난 다 큰 성인 남자야." 그는 자신이 느끼는 죄책감을 부인하려 애쓰며 중얼거렸다. "난 언제든 독자적으로 내 길을 갈 수 있어. 그동안 나는 그저 부모님을 기쁘게 해드리기 위해 애썼을 뿐이야. 부모님도 내가 영원히 당신들과 함께 머물 거라고 생각하셔선 안 돼."

졸음이 밀려오자 그는 야영지를 향해 걷기 시작했다. 그

순간 날카로운 비명이 밤의 적막을 깨뜨렸다. 다구는 목 뒤의 털이 곤두서는 것을 느끼며 그 자리에 얼어붙은 듯이 섰다.

소리가 나는 쪽으로 조용히 달려간 그는 버드나무 수풀 뒤에 숨어 공포로 몸을 떨며 나무 사이로 그쪽을 바라보았다. 커다란 모닥불 주위로 사람들이 돌아다니고 있었다. 그들 중 하나가 고개를 돌렸고, 불길이 그의 얼굴을 비추었다. 다구는 그가 에스키모족, 곧 치콰이족이라는 것을 알 수 있었다.

다른 침입자들처럼 그 사내 역시 몸집이 컸고 밝은 빛깔의 웃옷을 입고 무릎까지 올라오는 모카신을 신고 있었다. 그의 머리카락은 어깨선까지 내려왔고, 아랫입술 한쪽에는 동물의 뼈로 만든 장신구를 하고 있었다.

무시무시한 공포가 다구의 등줄기를 관통했다. 그는 다섯 명의 치콰이들이 야영지를 돌아다니는 모습을 지켜보았다. 그들은 바닥에 움직이지 않고 누워 있는 그위친족 남자들을 내려다보았다. 다구는 자신의 무리가 자는 동안 도륙되었다는 사실을 깨닫고 충격으로 몸을 부르르 떨었다. 그 치콰이들은 자고 있는 사람들에게 살금살금 다가가 그들이 반격을 하기도 전에 목을 베어버린 것이 분명했다. 다구는 터져나오려는 흐느낌을 억눌렀다. 치콰이들이 발견한다면 그 역시 죽일 터였다.

멍한 상태에서 다구는 치콰이들이 야영지를 어슬렁어슬렁 돌아다니며 그의 친들의 물건을 뒤지는 모습을 지켜보았다. 순록 고기와 가죽으로 가득찬 카누를 발견하자 그들은 흥분해서 떠들어댔다. 죽은 이들로부터 조금 떨어진 곳에 또 하나의 모닥불을 피우고 고기를 익혀 포식을 했다. 잠시 후 그들은 바닥에 눕더니 잠에 빠졌다.

마지막 치콰이까지 확실히 잠이 든 것을 확인하고 나서야 다구는 몸을 움직일 수 있었다. 그는 뻣뻣해진 다리로 은신처에서 천천히 나왔다. 야영지를 가로질러 소리 없이 걸어가면서 살해된 자기 무리를 내려다보지 않을 수 없었다. 눈에 보이는 것은 땅 위에 널브러져 있는 어둑한 형체뿐이었다. 상실감과 공허감이 그를 휩쌌다. 하룻밤 만에 그를 둘러싼 세계 전체가 달라진 것이다.

죽은 이들에 대한 슬픔으로 울지 않으려 안간힘을 쓰면서, 그는 강에서 멀지 않은 곳에서 아무것도 모른 채 자고 있을 무리의 남은 사람들을 떠올렸다. 이 치콰이들은 이곳에서 바로 떠날 것 같지 않았다. 얼마 지나지 않아 그들이 방어능력이 없는 그위친 여자들과 아이들을 발견할 수도 있었다. 그들에게 알려야 했다.

다구는 카누를 타고 갈까 하고 생각했지만 두 척의 카누는 자고 있는 치콰이들과 너무 가까이에 있었다. 강을 통하면 훨씬 빠르게 갈 수 있었지만 그들에게 발각될 위험을 무릅쓸 수는 없었다.

그는 모닥불로부터 소리 없이 멀어져 어둠 속으로 들어갔다. 머리 위에서 빛나는 별빛으로 야영지로 통하는 좁은 길을 알아보고 빠른 걸음으로 걷기 시작했다. 밤이 새도록 달리며 아무 생각도 하지 않으려 애썼다. 왜냐하면 생각을 하기 시작하면 죽어 땅 위에 누워 있는 아버지의 모습이 머릿속을 가득 채울 것이기 때문이었다. 아버지는 이제 더이상 아내와 아들을 보호할 수 없었다.

얼마 지나지 않아 동이 텄다. 치콰이들이 곧 주야영지에 들이닥칠 수 있다는 사실을 깨닫고 다구는 미친 듯이 달렸다. 마침내 그는 이른 새벽 공기에 맴도는 모닥불 냄새를 맡을 수 있었다.

다구가 온몸의 힘이 다 빠진 채 야영지에 다가가자 한 나이든 여자가 모닥불 앞에서 몸을 데우고 있다가 고개를 들고 그를 바라보았다. 그는 그녀를 향해 달려가며 두 팔을 휘저었다. "치콰이들이 오고 있어요!" 그는 숨을 헐떡이며 소리쳤다. "도망쳐야 해요!"

몇 분 만에 야영지의 모든 사람이 잠에서 깨어 허둥지둥 짐을 싸기 시작했다. 나이든 여자들과, 자는 아이를 등에 업은 젊은 여자들이 다구 주위에 모여들었다. 아이들은 서둘러 싼 커다란 짐을 지고 있었다. 다구는 자신의 짐을 쌀 시간이 없었다. 즉각 그 작은 무리를 이끌고 강가를 벗어나 내륙으로 가기 시작했다. 무엇을 보게 될지 두려운 나머지 아무도 뒤를 돌아보지 않았다.

7장

사냥당한 자

 자기 무리의 야영지에서 빠져나온 새소녀는 하루종일 그리고 밤이 되도록 걸었다. 순록들이 풀을 뜯는 산악지대로 향한다는 것 말고는 자신이 정확히 어디로 가고 있는지 알 수 없었다. 이제 마음속에서 하나의 계획이 자리를 잡아가기 시작했다. 그녀는 자기 무리가 사냥을 하러 올 때까지 그곳에서 기다릴 터였다. 그녀가 순록을 한두 마리 잡는다면 그들은 감명을 받고 이 문제를 그녀의 입장에서 바라봐줄지도 몰랐다.

 새소녀의 마음 한구석에서는 이 계획이 현실적이지 않다는 것을 알고 있었다. 왜냐하면 그위친족, 특히 남자들은 쉽게 생각을 바꾸는 사람들이 아니었다. 뭔가를 결정하면 그렇게 되어야 했다. 사냥을 하도록 허락했을 때조차도 그녀의 부모는 생리중일 때는 사냥을 해서는 안 된다고 고집했다. 무리 전체에게 나쁜 일이 닥칠까봐 걱정스러웠던 것이다. 동물의 세계와 정령의 세계와의 관계는 복잡하다고 그들은 설명했다. 새소녀는 여러 차례 마음속으로 그런 규칙들이야말로 커다란 골칫거리라고 생각했다. 이제 전통이 또다시 그녀의 삶에 장애가 되고 있었다. 그런 전통에 대해 새소녀는 경멸감만을 느낄 뿐이었다.

그녀는 자기 힘으로 생존할 수 있음을 증명할 터였다. 산악지대로 가서 겨울용 거처를 마련해 사냥을 하고 고기를 말리고 식용 식물과 열매들을 모으리라. 작은 강가를 따라 걷는 새소녀의 걸음은 단호한 결의에 차 있었다. 규칙이나 전통을 벗어나 자신이 무엇을 성취해낼 수 있는지 사람들에게 보여주리라.

이윽고 밤이 지나고 아침이 왔다. 칙칙해져가는 노란 잎새에 무겁게 매달려 있던 이슬이 햇빛에 마르기 시작했다. 겨울을 나기 위해 남쪽으로 날아가야 했을 여름 철새 몇 마리가 나무에서 쨱쨱거렸다. 새소녀는 발이 무거워지기 시작했지만 멈추지 않았다. 왜냐하면 자신이 부모가 있는 곳에서 그렇게 멀리 오지 않았음을 알기 때문이었다. 평원은 수백 킬로미터에 걸쳐 펼쳐져 있었지만 새소녀의 가족은, 그녀가 제대로 판단할 줄 아는 사냥꾼이라면 갈 만한 곳, 다시 말해 이미 잘 알고 있는 사냥터로 갔으리라 추측할 수 있었다. 무리의 노련한 추적자들은 곧 그녀를 따라잡을 터였다.

늦은 오후가 되어서야 새소녀는 자신에게 휴식이 필요하다는 사실을 인정했다. 작은 시내 옆의 언덕을 올라 길게 줄지어 서 있는 키 크고 호리호리한 가문비나무 아래에서 적당한 장소를 발견했다. 거기서는 누군가 다가오는 것을 내려다볼 수 있을 터였다.

그녀는 나무에 기대앉아서 눈을 감았다. 얼굴에 따뜻한 가을해가 비치는 것을 느끼며 잠이 들었다. 한동안 부모님의 얼굴 같은 어슴푸레한 형체와 그들의 음성 같은 소리들로 마음이 어지러워 자면서도 긴장해서 몸을 움찔거렸다.

밤이 왔다가 지나가고 또다른 하루가 시작되었지만 새소녀는 가슴팍에 고개를 무겁게 떨구고 조용히 잠을 갔다. 동이 트자 박새와 어치들이 날아와 까맣고 빛나는 눈에 호기심을 담고 자신들의 영역에 들어온 침입자를 바라보았다.

멀리서 큰까마귀가 깍깍 울었고 다람쥐가 분주하게 주변을 돌아다니다가 잠깐 걸음을 멈추고 자신들의 영역 안에서 나무에 기대 누워 있는 그 여자를 힐긋 바라보았다.

날이 따뜻해졌다. 주위는 조용했다. 작은 시내가 평원을 흐르는 드넓은 유콘강에 합류하기 위해 바위 많은 강바닥 위로 튀어오르며 콸콸 흘러내려가고 있었다. 푸르고 맑은 하늘을 배경으로 진초록빛을 띤 키 큰 가문비나무들이 우거져 있었고, 햇살은 그녀가 있는 대지의 한쪽 면을 따사롭게 비추었다.

둘째 날이 지나가고 있었다. 해가 서쪽으로 천천히 기울더니 불타는 듯한 아름다운 붉은빛도 이내 열기를 잃어버렸다. 저녁이 다가오면서 공기가 차가워지자 마침내 새소녀는 움찔 놀라 잠에서 깨어 눈을 뜨고 재빨리 주위를 둘러보았다. 자신이 얼마나 오래 잤는지 의식하지 못했지만, 깊이 잤다는 사실을 깨닫고는 겁에 질렸다. 낯선 야외에서 혼자 자면서 깊은 잠에 빠진다는 것은 위험을 자초하는 일이었다.

자신감 넘치던 그녀의 마음이 흔들렸다. 석양빛 속에서 새소녀는 잠이 덜 깬 몸으로 비틀거리며, 모닥불을 피우기 위해 땅바닥에서 나뭇가지를 그러모았다. 주위의 세계가 갑자기 낯설게 여겨졌다. 그녀는 두려움을 떨쳐내며 어리석은 생각들이 걷잡을 수 없이 떠오르도록 내버려두지 않겠다고 마음먹었다.

새소녀는 모닥불을 피웠다. 마른 나뭇가지 두 개를 비벼 불씨를 만들고 거기에 마른 잎과 풀을 쌓아올려 불꽃이 타오르게 했다. 그런 다음 마른 나뭇가지를 더 얹어 음식을 만들 수 있을 만큼 불길을 키웠다. 그녀는 큼직한 자갈을 주워 와 불속에 넣었다. 자갈이 뜨거워지자 나뭇가지 두 개를 이용해 불속에서 자갈을 꺼내 자작나무 껍질로 만든 물그릇 안에 넣었다. 그릇 안의 물이 뜨거워지자 강가에 있는 줄기가 긴 식물에서 따온, 끝이 황금색인 잎을 넣고 차를 만들었다. 그녀는 자리에 앉아 모닥불을 쬐었다. 무스 고기를 말린 육포를 씹으면서 주위의 어둠을 밝혀주는 모닥불을 물끄러미 들여다보았다. 그녀는 저녁 추위로 등이 차가워지자 몸을 옹송그리며 모닥불 곁으로 더 가까이 다가갔다. 마치 그 작은 불꽃이 주위의 냉기로부터 자신을 보호해줄 수 있다는 듯이.

박하 맛이 나는 차를 마시며 새소녀는 밤의 으스스한 기운을 잊기 위해 무리 속에서 살던 때를 떠올렸다. 어렸을 때 어머니가 무스와 순록 가죽을 무두질해 옷가지와 모카신을 만드는 모습을 지켜보았다. 하지만 정작 어머니가 그런 기술들을 가르쳐주려고 했을 때는 밖으로 달려나가 아버지와 오빠들을 따라다녔다. 남자처럼 동물을 찾아 땅을 정찰하고 사냥을 하는 일이 몇 시간씩 앉아서 바느질감에 집중하는 것보다 훨씬 흥미진진했다. 세월이 흐르면서 조흐는 사냥에도 인내심과 집중력이 필요하다는 것을 가르쳤지만, 그래도 새소녀는 여자의 일보다는 남자의 일이 더 좋았다.

지난날 오빠들과 했던 무스 사냥을 떠올리면서 새소녀는 자신이 과연 혼자서 무스를 사냥할 수 있을지 생각해보았다. 배고파 먹이를 찾는 동물을 사냥할 때 쓰는 몇 가지 뛰어난 방법을 알고 있었다. 그중에는 무스를 울타리 덫으로 몰아넣어 잡는 방법도 있었다. 하지만 울타리 덫을 만들려면 여러 사람이 협동해야 하고, 가죽이 두꺼운 무스를 창으로 찌르려면 강한 힘이 있어야 했다. 남자들 한 무리가 무스를 막다른 울타리 안으로 몰아넣으면 기다리던 다른 사냥꾼들이 사냥감을 포획하는 방식이었다. 여자들과 아이들은 그 광경을 지켜보기만 해야 했다.

하지만 구덩이 덫을 이용하면 혼자서도 늑대나 곰 같은

몸집 큰 짐승을 잡을 수 있었다. 무스의 두꺼운 생가죽을 엮어 만든 올가미를 짐승들이 지나다니는 길에 늘어뜨려놓고 올가미에 목이 걸리기를 기다리는 것이다. 목이 걸린 짐승의 체중 때문에 올가미를 걸어둔 나뭇가지가 부러지면서 사냥감은 그 밑에 감춰둔 구덩이 속으로 떨어져 목이 매달린 채 죽게 되는 것이다.

하지만 새소녀는 순록 사냥이 자신에게 가장 적당하다고 생각했다. 순록은 무스보다 몸집이 작았고, 큰 무리에서 떨어져나와 있는 경우가 많았으므로 한두 마리 정도는 혼자서도 얼마든지 잡을 수 있을 터였다. 겨울이 깊어 사냥할 동물을 발견하기가 더 어려워지면 산에서 내려와 그보다 작은 사냥감을 잡을 터였다.

지평선 위가 밝아지는 기미가 보이자마자 새소녀는 길을 나섰다. 그리고 산에서 흘러내려오는 물이 모인 얕은 시내를 따라 거슬러올라가기 시작했다. 시내가 발원하는 산 위에 겨울용 거처를 마련할 계획이었다. 멀리 보이는 산 쪽으로 시내를 따라 수킬로미터를 걸은 끝에 마침내 오르막길이 나왔다. 산 위로 올라가 아래를 내려다본 새소녀는 그 땅의 광활함에 숨이 막히는 듯했다. 한순간 그 광경은 그녀를 아주 작고 무가치한 존재로 느껴지게 했다. 그녀는 그 광경 앞에서 자신감을 잃을까 두려워 고개를 돌렸다.

산비탈을 둘러보던 새소녀는 버드나무 덤불과 뒤틀린 가문비나무로 가려진 동굴 같은 곳을 점찍었다. 그녀는 그곳이 자신의 새집이 되리라 생각하고 미소 지었다. 동굴까지 가는 데는 시간이 꽤 걸리겠지만, 그곳은 다가오는 동물이나 사람을 탐지하기에 좋은 위치였다. 북극지방에 사는 사람이라면 누구나 그렇듯 새소녀도 행동 하나하나를 조심해야 한다는 것을 알고 있었다. 위험은 언제든 닥칠 수 있었다.

비탈길을 올라가보니 동굴 입구는 밑에서 보았을 때보다 훨씬 작았다. 조심스럽게 안으로 기어들어가 눈이 어둠에 익숙해지도록 잠시 기다렸다. 그녀는 바닥에서 물기 없는 잔돌들을 한데 모으고 버드나무 가지들을 가져와 그저 동굴 안을 둘러볼 수 있을 만큼 조그맣게 모닥불을 피웠다. 동굴은 상당히 컸다. 바닥에서는 퀴퀴한 냄새가 났고 사방에 쳐진 거미줄이 얼굴을 간지럽혔다. 오랫동안 비어 있었던 듯했는데, 그것은 지금 당장은 사용해도 안전하다는 뜻이었다. 곰이 동면을 시작하기에는 아직 이른 때였다. 하지만 나중에는 곰이 동면을 하러 올지도 몰랐다.

이후 며칠 동안 새소녀는 그 동굴을 안락하게 만드는 데 전념했다. 가장 가까이에 있는 호숫가에서 주워온 마른 갈퀴덩굴을 어린 가문비나무 가지와 섞어 바닥에 깔아 동굴의 퀴퀴한 냄새를 진한 박하향으로 중화시켰다. 거처 한가운데에는 돌로 난로를 만들었다. 그런 다음 두 주 동안, 겨울을 보내기 위한 땔나무를 모아들였다.

새소녀가 가진 연장이라고는 무기와 두어 가지 도구뿐이었다. 식량을 저장하기 위해서는 자작나무 껍질로 만든 커다란 바구니가 여러 개 필요할 터였다. 자작나무 껍질과 가문비나무 뿌리가 재료인 바구니를 만들려면 보통은 이른 봄에 채취한 것만을 써야 했다. 그 시기에는 나무의 섬유질이 수액에 의해 부드러워져 있었다. 수액이 껍질을 물렁하게 해주어 꺾을 수 있었고 다루기 쉬웠다. 이제는 나무의 모든 부위가 곧 다가올 길고 추운 겨울에 대비해 단단하고 딱딱해져 있었다. 하지만 어쩔 수 없었다. 새소녀는 자작나무 껍질을 나무에서 힘들여 떼어내 집에서 가져온 동물의 힘줄로 묶었다.

그렇게 만든 커다란 바구니 안에 아직 남아 있는 여름 딸기류와 여러 가지 식용 식물을 담았다. 또한 오리와 토끼와 뇌조를 사냥했고, 차가운 강물을 거슬러오르는 연어를 잡아서 말렸다.

새소녀는 가족에 대한 생각에 빠져 시간을 낭비하지 않으려 애썼다. 대신 일에 집중했다. 그녀가 거기 있는 이유는 자신이 살아남을 수 있다는 사실을 증명하기 위해서였고 오직 그것만이 중요했다. 눈이 내리고 혹독한 추위가 찾아오면 그러기 싫더라도 동굴에 틀어박혀 앞날을 생각하며 기나긴 시간을 보내야 하리라.

얼마 지나지 않아 새소녀는 동굴 안에 상당량의 식량을 쌓아둘 수 있었다. 또한 동굴 밖에도 눈에 잘 띄지 않는 저장소를 만들어 식량을 저장했다. 나뭇가지로 새장처럼 생긴 바구니를 만든 다음 동물들이 접근하지 못하도록 키 큰 나무 속에 숨겨두었던 것이다.

마침내 그녀가 처음으로 순록 사냥을 할 때가 왔다. 밤에는 날씨가 추웠고 호수가 얼기 시작했지만 낮에는 아직 따뜻했다. 하지만 눈 덮인 산꼭대기를 올려다보면서 새소녀는 곧 겨울이 오리라는 것을 알았다. 낙엽이 지자 그녀는 무리의 남자들이 순록 사냥터라고 말한 산악지대를 향해 길을 떠났다.

순록 사냥에 대해 무리의 남자들이 왁자지껄하게 웃으며 말하던 것을 떠올리자 새소녀는 잠시 마음이 아팠다. 무리는 순록 고기를 포식할 생각을 하면서 행복해했다. 이윽고 새소녀는 정신을 차리고 그런 안타까운 마음을 애써 밀어냈다.

걷고 있는 동안 자신이 이제 거의 '나인'이 되었다는 생각이 들었다. 어렸을 때 어른들에게 거친 대자연 속을 홀로 떠돌아다니는 사람들에 관한 이야기를 들었다. 이제는 그 사람들이 어떤 이들인지 알 것 같았다. 자신 같은 사람들, 무리와 잘 맞지 않아 떠나야만 했던 이들이었다. 그들은 종종 무리의 규칙에 복종하지 않아서 혹은 일을 하지 않아서 따돌림을 당했다. 그렇게 자기 무리를 떠난 이들은 다른 무리에게도 환영받지 못했다. 그런 사람들은 무리의 화합을 방해할 뿐이었고, 화합이 안 된다는 것은 생존에 위협이 된다는 뜻이었다.

그래서 나인들은 몰래 야영지들을 드나들며 먹을거리를 훔치고, 때로는 여자나 아이들을 납치하거나 지독한 외로움을 잊기 위해 덤불 뒤에 숨어 사람들을 훔쳐보며 시간을 보냈다. 그래서 산 사람이 아니라 귀신에 가까운 존재로 간주

되기에 이르렀다. 나인을 목격한 사람은 누구나 그의 귀신 같은 행동거지에 대해 말하곤 했다.

새소녀는 나인이 되고 싶지 않았다. 가족과 계속 연락하며 살고 싶었다. 지금쯤 가족은 자취를 감춘 그녀를 두고 이런저런 추측을 하고 있을 터였다. 어쩌면 새소녀가 뛰어난 사냥꾼이라는 사실을 새삼 깨닫고, 그녀가 내세운 조건을 받아주고 귀환을 허락해줄지도 몰랐다.

갈 길은 멀었고 날은 쾌적하고 청명했다. 새소녀는 걷는 속도를 늦추고 흐르는 강물 근처에서 그날 밤을 쉬었다. 다음날, 일찍 일어나 가파른 산길을 줄곧 올라가는 동안, 차가운 대기 속에 하얗게 입김이 서리는 것을 볼 수 있었고 발밑에서는 서리가 밟혀 부스러지는 소리가 났다. 산을 오른 그녀는 걸음을 멈추고 발아래 펼쳐진 산들과 눈앞에 우뚝 솟은 험준한 봉우리들을 살펴보았다. 얼마 지나지 않아 눈이 오면 그쪽 산에는 접근하지도 못할 터였다.

그녀는 가까운 곳 어딘가에서 풀을 뜯고 있는 순록떼가 있기만을 바라며 고원을 따라 걸었다. 그곳에는 순록이 얼마나 많은지 아무리 초보 사냥꾼이라도 떼 지어 달아나는 순록을 두 마리쯤은 쓰러뜨릴 수 있다는 이야기를 들은 적이 있었다. 심장 고동이 빨라졌다. 그런 상황에 맞닥뜨리면 자신은 그보다 더 많은 순록을 쓰러뜨릴 수 있으리라고 확신했다.

골짜기로 통하는 산마루를 따라 걷던 그녀의 눈앞에 갑자기 저 아래쪽에서 수백 마리의 순록들이 풀을 뜯고 있는 광경이 펼쳐졌다. 나지막이 부스럭거리며 풀을 뜯고 있는 순록떼를 그녀는 경이의 눈길로 지켜보았다. 그런 광경을 보게 되리라고는 상상도 하지 못했다. 그 짐승들을 사냥하겠다는 처음의 결의는 온데간데없이 사라지고 말았다. 그녀는 땅바닥에 앉아 그 장엄한 광경을 홀린 듯 바라보았다.

다음 순간, 그녀는 풀을 뜯는 순록떼 위쪽에서 뭔가 움직이는 것을 보았다. 그녀는 신경을 집중해 그쪽을 바라보았다. 몇몇 남자들이 순록떼에게 살그머니 다가가고 있었다. 그들은, 황갈색 풀이 섞인 말라붙은 고동색 흙을 잔뜩 묻힌 순록 거죽을 머리에 쓰고 살금살금 움직이고 있었다.

마침내 순록들이 포식자 인간의 냄새를 맡고 동요하기 시작했다. 순록들이 내달리기 직전 순록 가죽을 뒤집어쓴 남자들이 몸을 일으키며 창을 던졌다. 순록들은 요란한 소리를 내며 우르르 달려 도망치기 시작했다.

새소녀는 사냥꾼들이 쓰러뜨린 많은 순록들을 경탄의 눈길로 응시했다. 이 사냥꾼들은 누구일까? 그녀와 같은 부족일까? 그들을 가까이에서 바라보며 짜릿한 흥분을 느낀 그녀는 자신이 얼마나 자신의 무리를, 특히 가족을 그리워하고 있는지를 깨달았다. 마침내 무리의 규칙을 받아들일 준비가 된 것일까?

그 자리에 앉은 채 생각에 잠겨 있던 새소녀는 문득 아래쪽에 있는 한 남자에게 자신이 발각되었음을 알아차렸다. 그 남자가 빠른 걸음으로 다가오고 있었다.

뒷덜미 털이 경계심으로 곤두서기 시작했다. 뭔가가 잘못되었다. 상당히 멀리 떨어져 있어서 확신할 순 없었지만 새소녀는 그들이 그녀의 부족이 아니라는 것을 본능적으로 알 수 있었다.

그녀는 무작정 달아나지 않고 한순간 정신이 나간 사람처럼 눈앞을 멍하니 바라보면서 다가오고 있는 사람에게서 자신의 무리와 다른 점이 있는지 알아내려 했다. 아무래도 달리는 품새가 달라 보였다. 친구를 만날 때처럼 반가운 기색으로 다가오는 것이 아니라 흡사 먹이를 향해 달려드는 포식자처럼 움직이고 있었다. 하지만 그 남자가 산맥 너머 먼 곳에서 온 그녀 부족의 적들 중 하나임을 새소녀가 깨달은 것은, 그가 입은 낯선 옷을 보고서였다. 남자는 그위친족이 입는 가죽 옷이 아니라 하얀 가죽 웃옷을 입고 있었다.

지금까지 살면서 들었던, 그위친족과 치콰이족이 사냥터에서 벌인 싸움에 관한 수많은 이야기가 떠오르자 심장이 빠르게 고동쳤다. 새소녀가 듣기에 치콰이족은 죄 없는 사람들을 서슴없이 죽이는 이들이었다. 어렸을 때 같은 무리에 있는 한 나이든 남자의 처참한 모습을 보고 겁에 질린 적이 있다. 그는 치콰이족에게 사로잡혔는데, 영역을 넘는 사람에게 어떤 일이 벌어지는지 그위친들에게 보여주기 위해 치콰이들은 그의 얼굴을 난도질해놓았던 것이다.

자라면서 새소녀는 이런 이야기들에 대해 흥미를 잃어버렸다. 그런데 이제 몸이 얼어붙은 듯 꼼짝도 하지 못하고 앉아 있는 그녀의 머릿속에 그 이야기들이 되살아났다. 남자가 낯선 부족 사람이라는 것이 명확해지자 그녀는 튕기듯 자리에서 일어나 공포에 질려 도망치기 시작했다.

쓰러진 나무를 뛰어넘어가며 달리는 훈련을 받았던 오랜 세월 동안 그녀의 다리가 기대를 저버린 적은 한번도 없었다. 하지만 지금은 제대로 움직이지 않았다. 땅이 가장 지독한 적이라도 된 것처럼 그녀는 여러 차례 발을 헛디디고 넘어졌다. 두려움이 몸과 마음을 마비시킨 것이다.

눈으로 보지 않고도 새소녀는 그 남자와 자신의 거리가 좁혀지고 있음을 두려움에 휩싸인 채로 확신할 수 있었다. 그녀는 온 힘을 끌어모아 숨이 넘어갈 듯이 달리고 있었지만, 땅을 울리며 다가오는 남자의 발소리는 점점 가까워지고 있었다. 그녀는 뒤를 돌아보다가 또다시 발을 헛디뎠다. 남자가 즉각 그녀를 따라잡았다.

새소녀는 남자의 모습을 보고 공포로 그 자리에 얼어붙었다. 그는 키가 컸다. 다가올수록 더 커 보였다. 표정은 딱딱했고 아랫입술 한쪽에는 가느다란 동물의 뼈 장식이 튀어나와 있었다. 도저히 사람이라고 보기 어려운 형상을 하고 있었다.

그녀는 일어나 몸을 돌려 다시 달리려 했지만 치콰이는 세차게 앞으로 내달아 그녀를 거칠게 붙잡으며 몸을 덮쳤다. 한순간 그녀는 숨을 쉴 수가 없었다. 몸에서 감각이 사라지는 느낌이 든 새소녀는 공포에 사로잡힌 채 어떻게든 숨을 쉬어보려 했다. 그녀는 몸부림을 쳤지만 남자는 한 손으로 그녀를 단단히 틀어쥐고 있었다. 그녀를 바라보는 그의

얼굴에 잔인한 표정이 떠올랐다

오래전의 기억이지만, 키 큰 치콰이족 사냥꾼은 자신이 어렸을 때 이들 부족을 처음으로 만난 날을 지금도 떠올릴 수 있었다. 그와 아버지는 툰드라지대의 작은 언덕에서 순록 사냥을 하고 있다가 침입자들을 발견했다. 침입자들이 아들을 죽일지도 모른다고 생각한 아버지는 그를 관목 뒤에 숨기고 절대 움직이지 말라고 말했다. 소년은 그위친족 침입자들이 아버지를 몽둥이로 때려죽이는 광경을 지켜보았다.

그는 결코 그날을 잊을 수 없었다. 어릴 때부터 자기 부족의 적인 그들이 잔인하다는 이야기를 수없이 들으며 자란 터라 그들에 대한 증오심을 배웠다. 아버지가 살해당한 사건으로 인해 그런 증오는 현실적인 것이 되었다.

그런데 이제 자신이 그위친족 하나를 손아귀에 넣은 것이다. 꼼짝없이 붙잡혔음을 알면서도 여자는 줄곧 저항하고 있었다. 그는 여자의 대담함을 경멸했다. 네가 감히 나를 때리겠다는 거야? 그는 힘도 들이지 않고 손쉽게 여자의 팔을 비틀었고, 그녀는 움찔하면서 얼굴을 찡그리지 않을 수 없었다.

새소녀는 남자의 악의에 찬 웃음을 보았다. 그녀는 몸을 앞으로 기울여 입안에 피맛이 느껴질 때까지 그의 팔을 깨물었다. 남자가 아파서 비명을 내질렀다. 하지만 새소녀가 작은 승리를 음미하기도 전에 그는 세차게 주먹을 휘둘렀다. 그녀는 눈앞이 캄캄해지는 것을 느끼며 정신을 잃었다.

8장

생존을 위한 달음질

 그날 하루종일 다구는 무리를 이끌고 야영지를 나와 길을 따라 걸었다. 쉴 시간을 주지 않는다고 사람들이 불평할 때면 치콰이들이 따라잡을지도 모른다는 사실을 환기시켰다. 그를 따라 비틀거리며 걸어오면서 여자들은 다른 남자들은 어디에 있느냐고 물었다. 다구는 그 일은 생각하거나 말하고 싶지 않았으므로 대답을 피했다. 나중에 안전한 곳에 도착하면 이야기할 터였다. 지금은 말할 수 없었다.

 어둠이 내렸지만, 아이들 두엇이 훌쩍거렸을 뿐 무리는 조용히 어둠 속을 걸었다. 이윽고 다구는 자신이 잘 아는, 유콘강에서 가깝고 남의 눈에 띄지 않을 만한 장소 한 군데를 기억해냈다. 거기까지 가려면 아직 몇 킬로미터가 더 남았지만 지금 당장은 휴식이 필요했다.

"오늘 밤은 이곳에서 야영을 하는 게 좋겠습니다." 그가 말했다.

다구를 제외한 모든 사람이 지친 몸을 땅에 눕히고 잠이 들었다. 다구는 자지 않을 생각이었다. 잠을 자기에는 바닥에 널브러져 있던, 죽은 사람들에 대한 기억이 머릿속에 너무나도 생생했다. 다구는 치콰이들이 지금 어디 있을지, 그들이 자기 무리의 야영지를 발견했을지 자문했다. 그들이 그위친족 무리가 도망친 것을 눈치챘다면? 무리 뒤를 바짝 쫓고 있다면? 치콰이들이 그들을 따라잡는다면 맞서 싸우는 수밖에 없을 터였다. 하지만 여자들과 어린아이들과 노인들뿐인 이 무리는 힘센 치콰이족 남자 다섯을 당해내지 못할 게 뻔했다.

사람들이 잠에서 깨자 다구는 말린 무스 고기로 간단한 식사를 하게 했다. 사람들이 음식을 다 먹자마자 다구는 당장 떠나야 한다고 말했다. 사람들이 항의하면서 설명을 요구했지만, 다구는 그들에게 치콰이들이 언제라도 들이닥칠 수 있고, 치콰이들이 카누를 타고 강 아래로 오면 짧은 시간

안에 그들을 따라잡을 수 있다는 말만 되풀이했다. 무리는 다구의 말에 반박하려 들지 않았다. 왜냐하면 그는 이제 경솔하게 행동하는 어린아이가 아니었던 것이다. 하룻밤 만에 사람들에게 할 일을 하라고 요구하는 절박한 상태에 처한 성인 남자가 되어 있었다.

그날 다구는 자기 무리를 유콘강가로 이끌었다. 그곳에서 충분히 쉬고 음식을 먹었다. 둘째 날 황혼 무렵 다구는 치콰이들이 찾아낼 수 없을 만큼 충분히 먼 거리를 왔다고 판단했다. 그는 무리에게 야영을 해도 좋다고 말하고 쉬기 위해 자리에 앉았다. 그는 자신도 모르게 잠에 빠져들었다.

다구는 그날 밤 내내 잤고 다음날 아침이 되어도 깨지 않았다. 잠에서 깼을 때는 가을해가 중천에 걸려 있었다. 막 따뜻해지기 시작하는 맑은 공기 속에서 다구의 몸 위로 햇빛이 내리쬐고 있었다. 가까이에서 인기척이 났다. 눈을 뜨고 자신을 에워싼 채 앉아 있는 사람들을 본 그는 깜짝 놀랐다.

"무슨 일이에요?" 자신이 잠든 모습을 사람들이 보고 있었다는 사실에 당황해하며 그가 물었다.

그의 어머니가 먼저 입을 열었다.

"무슨 일이 일어났는지 우리에게 얘기해줘야 해." 슈린야가 단호한 어조로 말했다. 그녀의 목소리는 낮았다.

다구는 더이상 진실을 숨길 수 없다는 사실을 알았다. 남편과 아들을 잃은 여자들이 가까이에 앉아 자신들이 가장 두려워하는 그 일을 부정해주기를 바라는 눈길로 그를 바라보고 있었다. 다구는, 무슨 일이 일어났는지 그들이 이미 알고 있으면서도 그의 입을 통해 직접 들어야 사실로 받아들이리라는 것을 깨달았다.

그는 깊게 숨을 들이쉬었다. "모두가 치콰이들에게 죽임을 당했어요."

여자들이 흐느끼기 시작했다. 몇몇은 손으로 입을 막고 달려나가 울음을 터뜨렸으며, 몇몇은 자리에 앉은 채 사람들이 보는 앞에서 눈물을 흘렸다. 다구는 다시 마음을 가라앉히기 위해 어머니를 바라보았다. 어머니의 두 뺨에도 눈물이 흘러내리고 있었다.

그는 자신의 얼굴에도 눈물이 흘러내리고 있음을 느꼈다. 태어나 처음 보는 절망적인 광경이었다. 지난 며칠 동안 일어난 일에 압도당한 그는 이런 상황에 어떻게 대응해야 할지 알 수 없었다. 그는 두 눈을 감고 사람들의 눈을 피해 돌아앉았다.

잠시 후 그는 고개를 들어 푸른 하늘을 바라보았다. 등뒤에는 살면서 한번도 보지 못한 고통스러운 장면이 펼쳐져 있을 터였다. 그는 이런 일에 대비가 되어 있지 않았다. 하지만 무리는 그를 필요로 하고 있었다. 그는 그들 무리에 유일하게 남은, 건장한 사냥꾼이었다. 다른 성인 남자 넷은 모두 나이가 많은 노인들이었다. 소년들이 몇 있었지만 그들에게는 빨리 달릴 수 있는 몸집도, 커다란 동물을 잡아 먼 거리를 끌고 올 힘도 없었다.

무리의 지도자가 되어야 한다는 책임이 다구의 어깨 위에 놓이게 되었다. 이미 그 무게를 느끼고 있었다. "나 자신의 고통도 겨우 달랠 수 있을까 말까 한 내가 어떻게 저들의 지도자가 될 수 있단 말인가?" 그는 자문했다.

그때 어깨에 와닿는 손길이 있었다. 그는 몸을 돌리고 어머니의 눈길을 응시했다. "애야, 두려워하지 말거라." 슈린야가 말했다.

다구는 부끄러운 마음이 들어 혹시라도 그 말을 들은 사람이 있을까 하여 주위를 둘러보았다. 자신이 무력감을 느낀다는 사실을 인정하기에는 자존심이 허락지 않았다.

"두렵지 않아요, 어머니." 그가 긴장된 어조로 말했지만,

그녀는 다 안다는 듯이 미소를 지어 보이며 아들의 어깨를 토닥였다.

깊게 숨을 들이쉰 다구는 무리를 향해 다시 돌아앉았다. 그와 남자 노인 넷은 사람들이 옛 야영지에서 가지고 온 보따리를 모두 모았다. 그런 다음 노인들은 다구를 바라보며 그의 지시를 기다렸다. 다구는, 이제부터 사람들이 언제나 자신이 먼저 움직여주기를 기대하리라는 것을 깨달았다. 지도자란 바로 그런 존재인 모양이라고 그는 생각했다.

다구는 무릎을 꿇고 앉아 보따리를 하나하나 풀었다. 손도끼 여섯 자루, 칼 열 자루, 말린 무스 고기와 말린 연어 몇 덩이, 동물의 힘줄 몇 타래, 무두질하지 않은 무스 거죽이 큰 조각으로 여섯 장, 동물 털로 만든 담요 네 장, 바늘들과 바느질용 송곳들, 모카신 한 켤레와 부싯돌이 나왔다.

다구는 믿어지지 않는다는 듯이 고개를 내저었다. 한해의 이 무렵이면 그의 무리는 길고 혹독한 겨울을 나게 해줄 말린 생선과 훈제한 순록 고기와 무스 고기를 상당량 비축해놓고 있었다. 머지않아 눈이 내리기 시작할 텐데 지금 그들에겐 비축해놓은 식량이 거의 없는 셈이었다. 물건을 더 가져오기 위해 옛 야영지로 돌아가는 것은 너무 위험했다. 게 다가, 치콰이들이 거기에 도착했다면 가져갈 수 있는 것은 모두 가져가고 나머지는 태워버렸을 터였다.

노인들 중 하나가 다구의 걱정을 눈치챈 듯했다.

"걱정하지 말게. 우리는 언제나 자네를 돕겠네. 자네는 혼자가 아닐세." 노인이 낮은 음성으로 말했다.

다구는 대답하지 않았다. 언제나 외톨이로 지냈던 터라 사람을 상대하는 일이 곤혹스럽기만 했다. 그는 사람들보다는 땅과 동물들에 대해서 더 많은 것을 알고 있었다. 그런데 이제 여자 어른들과 그들의 가족이 기대를 품고 그를 지켜보고 있었다. 그들이 이렇게 갑자기 자신에게 의존하는 상황이 다구는 부당하게 느껴졌다.

'이게 이제부터 내가 져야 할 짐이겠지. 난 내가 잃어버린 것에 슬퍼할 시간이 없어. 내 앞에 놓인 이 과제를 수행해야 해. 개인적인 감정은 나중에 추스르자.' 그는 생각했다.

다구가 무리의 지도자로서 처음 한 일은 소년들에게 죽은 아버지나 형들처럼 그들도 사냥꾼이 되어야 한다고, 가능하다면 전사가 되어야 한다고 말하는 것이었다. 소년들은 놀란 듯했지만 최선을 다하겠다고 결심한 듯 진지한 눈길로 그를 바라보았다.

"얼마 안 있어 겨울이 올 거야. 우리는 옛 야영지에 두고 온 만큼의 식량을 구하기 위해 열심히 일해야 해. 너희들에게 동물을 사냥하는 훈련을 시켜줄 시간은 없을 것 같구나. 나는 너희가 지난날 아버지의 말을 주의 깊게 들었기를, 아버지가 가르쳐준 것들을 실천에 옮길 수 있기를 바란다." 다구가 그들에게 말했다.

그렇게 말하면서 다구는 아버지의 얼굴을 떠올렸다. 아버지는 얼마나 여러 차례 준엄하게 그를 타일러 백일몽에서 헤어나오게 하려고 애썼던가. 치진 추가 뭔가를 가르치려 할 때면 다구는 종종 듣는 척하면서 고개만 끄덕이지 않았던가. 이제 다구는 자신의 그런 태도로 인해 아버지와 다른 사람들이 얼마나 고통을 받았을지 깨달았다.

새로운 야영지에서 보내는 며칠간은 무척 바빴다. 나이든 여자들은 자작나무에서 벗겨낸 마른 껍질을 동물 힘줄로 엮어 음식을 만들 때 사용하거나 음식을 저장할 수 있는 용기를 여러 개 만들었다. 젊은 여자들은 근처를 샅샅이 뒤져 딸기류와 식용 식물, 아직 남아 있는 여름 장미 열매를 땄다. 어린아이들까지도 일에 투입되어 떨어진 나뭇가지와 목이버섯 같은 것들을 그러모았는데, 그것들은 느리게 타서 겨우내 모닥불이 꺼지지 않도록 해줄 터였다.

그동안 남자 노인 넷은 어린 가문비나무를 얇게 쪼개고 구부려서 눈신발용 틀을 만들었다. 그런 다음 무두질하지 않은 무스 가죽을 물에 적셔 부드럽게 만들고 가닥가닥 자르고 엮어 눈신발을 완성했다. 그것 말고도 가문비나무로 긴 창과 활과 화살도 만들었다.

무기가 완성되자 다구는 소년들에게 사용법을 가르쳤다. 아이들 대부분은 금방 무기를 다룰 줄 알게 되었다. 왜냐하면 아버지와 형들이 하는 일을 지켜본 적이 있었고, 많은 소년들이 이미 무기를 다루는 연습을 하고 있었던 것이다. 하지만 그들에게는 무거운 활을 한껏 당겨 화살을 내쏘아 목표물을 강하게 맞힐 힘이 부족했다. 다구는 큰 짐승은 자신이 직접 나서서 사냥해야 한다는 사실을 알고 있었다.

소년들이 사냥할 준비가 되었다고 느끼자 다구는 그들을 데리고 무스 사냥을 가기로 결정했다. 여자들은 덫으로 토끼나 다람쥐를 잡곤 했는데, 사냥을 떠날 작은 무리가 기운을 낼 수 있도록 그것들로 식사를 준비했다.

원정대가 출발했을 때, 다구는 그들 앞에 펼쳐져 있는 산악지대가 자신이 탐사하고 싶어했던 바로 그 산들임을 알 수 있었다. 그는 산악지대로 무리를 이끌었지만 다람쥐와 조류 외에는 사냥할 만한 짐승들이 눈에 띄지 않았다.

 그날 온종일 걸었지만 그들은 여전히 사냥감을 찾지 못한 상태였다. 다구가 주위를 둘러보니 소년들이 너무 뒤처져 있었다. 그는 조바심을 내며 아이들에게 서두르라고 손짓했다. 불평하면 안 된다고 배운 소년들은 다구의 지시에 따라 있는 힘을 다해 걸음을 빨리했다. 이윽고 밤이 되자 다구가 휴식을 명령했다. 그제서야 소년들은 고마운 심정으로 바닥에 누워 휴식을 취했다.

 어린 사냥꾼들이 자고 있는 동안 다구는 선 채로 보초를 섰다. 그는 반짝이는 별들을 올려다보았다. 광활한 밤하늘을 바라보자 자신이 보잘것없는 존재라는 느낌이 들었다. 그런 감정에서 헤어나려 다구는 어머니에게로 생각을 돌렸다. 남겨두고 온 어머니와 다른 여자들의 안위가 걱정되었다. 치콰이들이 유콘강을 따라 그들을 쫓아왔다면? 그가 소년들을 데리고 야영지로 돌아갔을 때 여자들과 아이들이 이미 죽임을 당했다면?

 다구는 당장 돌아갈 생각으로 하마터면 소년들을 깨울 뻔했다. 하지만 애써 긴장을 풀려고 노력했다. 그것은 터무니

없는 걱정에 지나지 않았다. 겨울이 다가오고 있는 지금까지 치콰이들이 이 근처에 있을 리 없었다.

그의 마음은 아버지를 잃은 그날 밤으로 돌아갔다. "난 울어선 안 돼. 지금은 안 돼. 나중이라면 또 모르지만." 그가 자신에게 말했다. 하지만 다구는 아버지와 나란히 앉아 순록 고기를 토막 내던 그날, 그리고 강가에 앉아 아버지에게 무리를 떠나겠다는 말을 어떻게 해야 할까 궁리하던 그날 밤의 순간순간을 떠올리지 않을 수 없었다. 그날 밤 어둠 속에서 살금살금 움직이던 그림자들이 눈앞에 떠올랐고, 결코 잊을 수 없을 날카로운 단말마의 비명이 귀에 다시 들려왔다.

그 비명이 아니었다면, 자신 역시 아무것도 모른 채 거처로 돌아가 다른 이들과 마찬가지로 죽임을 당했을 터였다. '그때 비명을 내지른 사람이 내 목숨을 구해준 거야.' 그는 생각했다. 무리 중 누가 비명을 질러 경고를 해주었는지 알 수 없었으므로, 다구는 그들 모두에게 빚을 진 셈이었다. 그에 대한 보답으로 그들의 가족 모두를 돌봐야 했다. 그날 밤 잠에 빠져들기 전에 다구는 하고 싶은 일을 접어두고, 아버지의 가르침대로 그의 무리가 살아남을 수 있도록 최선을 다하겠다고 결심했다.

좀더 책임감 있는 사람이 되겠노라 다짐했음에도 다구는 다음날 아침까지 늦잠을 자고 말았다. 소년들은 주저하다가 용기를 내어 그를 깨웠다. 다구가 눈을 떠보니 해가 중천에 떠 있었다.

"어째서 나를 좀더 일찍 깨우지 않았니?" 그가 질책하듯이 얼굴을 찡그리며 물었다. 소년들이 미처 대답할 틈도 주지 않고 그는 서둘러 그들을 이끌고 그날의 사냥에 나섰다. "기억해두렴. 동물들은 배가 고플 때 돌아다닌단다. 동물들은 이른 아침에 먹을 것과 물을 찾는 법이지. 우리는 오늘 기회를 놓쳤을지도 모르지만 어쨌든 찾아보자." 소년들은 고개를 끄덕이며 말없이 그의 뒤를 따랐다.

유난히 따뜻한 날이었다. 길을 걸으면서 그들은 여러 차례 걸음을 멈추고 시냇물을 마셨다. 그들은 시내를 따라 걷는 중이었다. 오후 늦게 개울의 굽이를 막 돌려고 할 때였다. 눈앞에 커다란 무스 한 마리가 서 있었다.

다구는 소년들에게 움직이지 말라고 손짓한 다음, 무성한 버드나무 가지가 드리워진 개울 가장자리를 따라 조심스럽게 움직이기 시작했다. 표적에 충분히 가까워졌다고 판단한 그는 화살 메긴 활을 팽팽하게 당긴 다음 표적을 겨누고 시위를 놓았다.

화살은 휙 하는 소리를 내며 목표물을 향해 날아가 무스의 옆구리에 꽂혔다. 무스는 놀란 듯했다. 사슴의 몸이 살짝 균형을 잃었다. 하지만 화살 한 대를 다시 활에 메긴 채 다가오는 다구를 본 무스는 몸을 돌려 도망치기 시작했다.

무스는 보폭을 넓히며 속력을 높였다. 이미 상처를 입은 사냥감을 놓치고 싶지 않았으므로 다구는 앞으로 내달리며 다시 화살을 쏘았다. 이번 화살은 무스의 오른쪽 뒷다리에 맞았다. 무스는 또다시 균형을 잃고 비틀댔지만 여전히 달아나려는 의지를 잃지 않은 듯 몸을 바로잡고 휘청거리며 달리기 시작했다. 다구는 몇 차례 더 화살을 쏘았지만 이번에는 번번이 빗나갔다. 마침내 좀더 거리를 좁힌 다구는 마지막 화살을 날렸고, 그것은 무스의 뱃속 깊숙이 꽂혔다.

무스가 그 자리에서 고꾸라졌다. 무스가 다시 몸을 일으키기 전에 다구는 그놈의 몸에 올라타서 날이 예리한 칼을 깊숙이 찔러넣어 목의 굵은 핏줄을 끊었다. 생명이 빠져나가면서 무스의 몸이 세차게 경련하는 바람에 다구는 땅바닥으로 나동그라지고 말았다. 그는 튕겨지듯 일어나 무스가 다시 한 번 몸을 일으킬 경우를 대비해 자세를 취했으나 무스는 땅에 나동그라진 채 더이상 움직이지 않았다.

지도자의 무용에 감명을 받은 소년들이 다구에게 달려왔다. 다구는 짜릿한 흥분이 온몸을 휩싸는 것을 느꼈지만 내색하지 않고 감정을 통제하며 소년들에게 무스를 토막 내는 방법을 알려주었다.

우선 그들은 무스의 내장을 꺼내고 머리와 몸을 분리했다. 그런 다음 다구는 무스의 거죽을 벗겼다. 그러고는 소년들에게 앞다리와 뒷다리를 잘라내라고 말했다. 어린 사냥꾼들은 이런 일에 익숙지 않았지만 마음을 단단히 먹고 무스의 다리를 잘라낸 다음 먼저 몸의 앞부분을, 이어 뒷부분을 분리해냈다.

다구는 무스 고기를 야영지까지 어떻게 가져갈지 곰곰 생각해보았다. 일단 무게를 가볍게 하기 위해 고기를 말리기로 결정했다. 그러면 옮기기 쉬울 것이다. 사냥꾼들은 나무로 오두막 같은 틀을 세우고 그 위를 버드나무 가지로 덮었다. 거기에 네 토막으로 나눈 고기를 매단 다음 모닥불을 지펴서 피어오르는 연기에 고기가 마를 수 있도록 했다.

이삼일 후 고기 속의 피가 마르자 다구는 소년 둘을 뽑아 야영지에서 가장 힘이 센 여자 다섯 명을 데려오라고 지시했다. 소년들이 길을 잃을까봐 걱정스러웠던 그는 땅에 지도를 그려 어떤 표지물을 찾아야 하는지, 어떤 시내를 따라가야 하는지 알려주었다.

"이 모든 게 너희들이 받아야 할 훈련이다." 이렇게 말하자 소년들은 진지하게 고개를 끄덕였다.

다음날 밤 여자들이 도착했다. 그들은 무스 생가죽을 두껍게 벗겨내 만든 가죽끈을 한 꾸러미씩 가져왔고, 그것으로 고기를 묶어 등에 졌다. 다구는 소년들에게는 크기는 작아도 무거운 고기를 짊어지게 하고, 부피가 나가는 부위는 여자들이 운반하도록 시켰다. 그런 다음 남은 고기를 키 큰 나무 위쪽, 눈에 띄지 않는 곳에 매달았다. 거기라면 여우나 다른 포식자들이 올라가지 못할 터였다. 작은 어치와 큰까마귀들이 고기를 쪼아 먹을 수는 있겠지만 커다란 피해를 입히지는 못할 터였다.

돌아가는 길은 멀고 힘들었지만, 여자들도 소년들도 불평하지 않았다. 그들은 자신들이 지고 가는 고기가 곧 그들의 생명줄임을 알고 있었다. 그들이 야영지에 이르렀을 때는 늦은 밤이었는데 사냥꾼들이 돌아올 경우에 대비해 몇 사람이 자지 않고 있었다. 지고 온 무스 고기를 내려놓은 다음,

여자들과 소년들은 송어 수프를 먹었다.

다구와 소년들은 휴식을 취했다. 왜냐하면 다음날 다시 고기를 가지러 가야 했던 것이다. 고기를 모두 가져오기 위해서는 그 길을 서너 차례 더 왕래해야 했지만, 그들이 돌아올 때마다 야영지 전체에 즐거운 분위기가 감돌았다. 하지만 다구는 여전히 걱정스러웠다. 그는 자신의 무리가 겨울 동안 살아남을 가능성이 그리 높지 않다는 것을 알고 있었다.

다구는 치콰이들의 공격을 받았던, 최근의 순록 사냥에 대해 다시 생각해보았다. 대개 그들 무리는 사냥을 나갈 때 여자들과 아이들을 보호하기 위해 힘센 남자 두어 명을 야영지에 남겨두고 떠났는데, 이번에는 가능한 한 많은 고기를 가지고 돌아오기 위해서 남자들이 모두 원정에 동원되었다. 치콰이들이 그들의 영역을 침범하리라고는 아무도 예상하지 못했던 것이다.

다구는 왜 그런 일이 일어났는지 논리적으로 이해해보려 애썼다. 어째서 치콰이들은 아버지를 비롯한 부족의 남자들을 죽인 것일까? 그들이 원한 것은 무엇일까? 두 부족이 서로를 미워해왔다는 것은 알고 있었지만 마음속의 증오를 그렇게까지 파괴적으로 표출시킨 이유를 알 수가 없었다. 습

격해온 이유가 무엇이든 간에 다구는 앞으로 그의 부족에게 완전한 안전이란 더이상 없으리라는 사실을 깨달았다.

얼마 지나지 않아 다구와 어린 사냥꾼들은 무스를 한 마리 더 잡았다. 그 수컷은 발정기를 막 통과한 탓에 살이 많지 않았지만 그런 것을 가릴 처지가 아니었다. 겨울이 빠르게 다가오고 있었다.

그 작은 무리는 장대한 유콘강 근처를 겨울 야영터로 삼았다. 나무와 이끼로 지은 작은 천막집들이 강둑을 따라 세워졌다. 사람들은 한순간도 허비하지 않고 나무와 먹을 것을 찾으러 다녔다. 매일같이 다구는 사냥을 하기 위해 큰 사냥감을 찾아 다녔지만 어린 사냥꾼들을 데리고 다니며 발견한 것은 여자들도 잡을 수 있는, 뇌조, 토끼, 다람쥐, 오리, 사향쥐, 비버 같은 작은 동물들뿐이었다. 여자들은 또한 근처의 강에 물고기 덫을 놓아 많은 송어를 잡아 말렸다.

먹을 것 이외에도 무리에게는 따뜻한 옷가지가 더 필요했다. 여자들이 잡은 동물의 털이나 가죽은 모두 옷이나 담요로 만들어졌다. 무스 두 마리의 가죽은 무두질되어 장갑과 털신 창으로 만들어졌다. 여자들이 무두질과 바느질을 하는 동안 다구와 남자 노인들은 연장을 더 만들었다. 무스 뼈와 가문비나무로 손도끼와 칼을 만들었다.

　서리가 내리더니 이어 눈이 내렸다. 다구와 그의 무리는 마침내 그들의 안식처에 안전하게 들어앉았다. 그후 몇 달은 다구가 예상했던 것만큼 견디기 어렵지 않았다. 무리는 비축해둔 음식으로 먹고살면서, 눈 속에 덫을 놓아 토끼를 잡고 얼어붙은 강에 구멍을 내어 작살로 물고기를 잡았다.

　다구는 자신을 줄곧 바쁘게 몰아붙여, 해를 따라가겠다는 잃어버린 꿈을 떠올리지 않으려 애썼다. 겨울이 지나감에 따라 그는 무리의 미래를 좀더 낙관할 수 있었다. 얼마 지나지 않아 소년들은 남자가 되고 소녀들은 여자가 될 터였다. 시간이 더 흐르면 새로운 그위친들이 태어나고 무리는 다시 강성해질 터였다. 하지만 그런 예상을 하면서도 다구는 그다지 신이 나지 않았다. 다구는 자신이 어느 때보다도 더 단단하게 이런 방식의 삶에 매여버렸다는 사실을 깨달았다.

9장

사로잡히다

새소녀가 정신을 차려보니 자신의 몸이 거꾸로 뒤집혀 있었다. 안개 같은 몽롱한 고통 속에서 새소녀는 마치 제 거죽에 싸인 커다란 순록 고깃덩이처럼 자신을 포획한 자의 어깨에 걸쳐져 운반되고 있음을 깨달았다. 그녀의 팔다리는 단단히 묶여 있었고, 짐승 가죽으로 된 끈이 입술 사이에 재갈처럼 둘러매여 있었다. 그녀는 숨이 막히고 덫에 걸린 느낌이 들었다. 한순간, 동물이 죽기 직전에 바로 이런 느낌이 들 것이라고 생각했다.

그날 치콰이 사냥꾼들은 오랫동안 걸었다. 그들이 쉴 곳에 이르자, 남자는 새소녀를 아무렇게나 바닥에 내팽개쳤다. 바닥에 몸을 세게 부딪혔지만 그녀는 이를 악물고 고통스러운 기색을 내보이지 않았다. 대신 자신이 깨어 있음을 그들이 알지 못하도록 두 눈을 감고 있었다.

사냥꾼들은 짧게 휴식했다. 이윽고 새소녀는 그녀를 사로잡은 자가 자신을 갑자기 바닥에서 휙 들어올리는 것을 느꼈다. 다른 남자들은 고기를 싼 꾸러미를 등에 지고, 순록 거죽으로 싼 덩어리 고기가 단단한 땅 위에서 잘 끌리도록 거죽털을 아래쪽으로 가게 해서 끌고 걸었다. 그들이 운반하는 짐은 무거웠지만, 나무조차 자라지 않는 빙판과 설원뿐인 혹독한 땅에서 나고 자란 이들에게는 힘든 일이 아니었다.

하루, 그리고 또 하루가 지났다. 남자는 여전히 새소녀를 둘러메고 산악지대를 걷고 있었다. 다른 치콰이들에게 투라크라는 이름으로 불리는, 새소녀를 사로잡은 사냥꾼은 그녀에게 도망칠 기회를 주지 않았다. 쉬어야 할 때면 그녀를 내려놓았지만 그녀가 무두질한 동물 가죽으로 단단히 묶여 있음에도 눈을 떼지 않았다. 새소녀는 얼마 지나지 않아 투라크의 눈을 똑바로 바라보지 않는 편이 낫다는 사실을 알게 되었다. 언젠가 자신을 바라보는 그녀의 시선을 포착하더니 고기를 먹다가 뼈를 집어들어 그녀의 얼굴에 던진 것이다.

사내들은 매일 밤 잠깐 눈을 붙인 다음, 아침이면 그들의 고향 땅이 있는 북쪽을 향한 여정을 다시 시작했다. 좁은 산길을 걸어가는 동안 치콰이들은 자기네 지도자가 메고 가는 그위친족 여자에게 이따금 눈길을 던졌다.

그들에게 그위친족 영역으로 넘어들어가자고 한 사람은 바로 투라크였다. 그가 경계를 넘어 내륙 안쪽으로 들어갈 때 그들은 반대하지 않았다. 그들은 그를 유능한 사냥꾼으로 여겼고 누군가 그에게 반대할 때 그가 얼마나 잔인해질 수 있는지 알고 있었으므로 전사로서의 그를 두려워했다. 그들은 대부분 적과 마주치기를 꺼렸지만, 투라크는 오히려 그런 대치 상황을 목말라하는 사람처럼 보였다. 한 치콰이는 투라크의 아버지가 그위친족에게 죽임을 당했다는 이야기를 들었으므로 투라크가 그위친족에 대해 갖고 있는 깊은 증오심에 대해 알고 있었다. 비록 적이었지만, 사냥꾼들은 그위친 여자에 대해 동정심을 느끼지 않을 수 없었다. 투라크의 손아귀에 들어간 이상 그녀로서는 자비를 기대할 수 없을 터였다.

그위친족 영역을 벗어나자 투라크는 그녀를 땅바닥에 거칠게 내려놓고 두 발을 묶은 끈을 잘랐다. 그런 다음 그녀를 일으켜 세워 감각이 사라지고 약해진 다리로 걷도록 강요했다. 산속을 터덜터덜 걸으면 걸을수록 새소녀의 절망은 더더욱 깊어졌다. 새소녀의 가족은 그녀가 납치되었다는 사실을 결코 알 수 없을 터였다. 그러니 어떻게 구출되리라는 희망을 품을 수 있겠는가?

여러 날이 지났지만 투라크는 여전히 그녀에게 먹을 것을 주지 않았다. 이따금 투라크가 주위에 없을 때면 다른 사냥꾼들이 지도자의 역정을 살 것을 각오하고 그녀에게 물을 마시게 해주었다. 허기진 배에서 소리가 나고 입안이 바짝 말라 타들어가면서 새소녀는 힘없이 비틀거리기 시작했다. 그럴 때마다 투라크가 벌컥 성을 내고 짜증을 내면서 옆머리를 후려치는 바람에 생각도 제대로 할 수 없었다.

마침내 치콰이 사냥꾼들은 순록 고기와 포로를 데리고 산악지대를 벗어났다. 멍한 고통 속에서 새소녀는 이쪽 지평선에서 저쪽 지평선까지 아무것도 없이 평평하게 펼쳐진 갈색의 땅을 바라보았다. 바람이 콧속으로 툰드라지대의 이끼 냄새를 실어왔다.

탁 트인 벌판으로 나오자 사내들은 좀더 생기를 찾고 말이 많아졌지만, 새소녀는 황량한 땅의 모습에 마음이 위축

되었다. 그녀는 땅에 몸을 던지고 더이상 앞으로 나아가지 않겠다고 말하고 싶었다. 하지만 그러는 대신 멍하니 걸음을 계속했다. 싸울 힘이 남아 있지 않았던 것이다.

수킬로미터에 걸쳐 펼쳐진 작은 언덕들과 툰드라지대를 가로지른 후 여행자들은 낮은 지평선을 배경으로 펼쳐진 야영지에 가까워졌다. 천장이 둥근 주거지가 땅 위로 튀어나와 있었고 그 위에는 뗏장이 덮여 있었다. 야영지 전체에 썰매와 고기잡이배들이 뒤집힌 채 흩어져 있었다. 집마다, 목덜미에 털이 빽빽하게 난 개들이 줄에 묶인 채 짖고 있었다. 집들 사이에는 장대에 걸린 빨래가 바람에 요란하게 펄럭였고, 야영지 너머에는 바다가 끝도 없이 펼쳐져 있었다. 새소녀는 눈을 따끔거리게 하는, 소금기 어린 축축한 공기를 느낄 수 있었다.

그 야영지의 사람들 앞에 선 새소녀는 용기를 잃지 않기 위해 깊은 숨을 들이쉬었다. 치콰이들은 사냥꾼들을 맞이할 때는 무척 흥분했지만 포로를 보더니 한동안 조용해졌다. 그들 대부분은 남쪽에 사는 적에 대해서 이야기로만 들었을 뿐 실제로 본 적이 없었다. 이 여자는 그들이 들은 것처럼 무서워해야 마땅한 끔찍한 적처럼 보이지 않았다.

사냥꾼들이 각자의 거처로 들어가버리자 새소녀는 온통 처음 보는 사람들 한가운데에 남겨졌다. 차마 치콰이들을 똑바로 바라보지는 못했지만 언뜻 보기에도 그들의 얼굴은 몹시 괴상했다. 몇몇 사람들은 얼굴에 직선과 원 모양의 문신을 했고 또다른 사람들은 동물의 뼈로 만든 장식을 달고 있었다. 그들은 동물 가죽으로 만든 흰색 웃옷과 바지를 입었으며 몇몇 사람들은 칼을 차고 있었다. 새소녀는 그들이 무슨 짓을 할지 몰라 겁에 질렸다.

그들은 줄곧 그녀를 응시하면서 점점 더 가까이 다가왔다. 몇몇은 킥킥거리며 손가락으로 그녀를 찔러보기도 했다. 한 남자가 요란하게 킁킁 소리를 내며 그녀의 냄새를 맡고는 몹시 역겹다는 표정을 짓자 많은 이들이 큰 소리로 웃음을 터뜨렸다. 새소녀는 모욕감으로 두 뺨이 뜨거워지는 것을 느꼈다.

그녀가 자신들에게 해를 끼치지 못하리라고 결론지은 치콰이들은 이내 흥미를 잃고 한 사람 한 사람 각자의 거처로 돌아갔다. 새소녀는 어떻게 해야 할지 몰라 오랫동안 그곳에 서 있었다. 그녀가 무엇을 하든 아무도 신경을 쓰지 않는 듯했다. 그녀는 도망을 쳐야 하는 게 아닐까 생각해보았다.

앞에는 바다가 있었고 뒤에는 산들이 있었다. 그녀가 할 일은 다만 저 먼 산들을 향해 달리는 것뿐이었다. 산 너머에 그녀의 고향, 그녀의 무리가 있었다.

하지만 머리카락을 후려치는 바람을 맞고 선 외로운 그위친 여자는 도망칠 용기를 낼 수 없었다. 그녀가 있는 곳과 산들 사이에는, 몸을 숨길 나무 하나 없는 평원이 아득히 펼쳐져 있었다. 도망을 친다 해도 치콰이들은 쉽사리 그녀를 다시 붙잡을 터였다. 그녀는 그들이 자신을 뒤쫓아 잡아 죽이는 장면을 상상했다. 공포에 사로잡혀 땅에 뿌리내린 듯 꼼짝할 수 없었다.

어둠이 깔리기 시작했음에도 그녀는 움직이지 않았다. 바다에서 불어오는 바람이 윙윙 소리를 내며 몰아닥쳐 동물 가죽으로 된 옷 속으로 들어와 몸이 축축해지고 부르르 떨렸다. 그녀가 어찌해야 할지 몰라 길을 잃은 기분으로 툰드라 지대에 서 있는 동안, 한 거처에서 키가 작고 몸이 구부정한 늙은 여자가 나왔다. 여자가 다가오자 새소녀는 몸을 긴장했지만, 여자는 그녀 앞을 지나쳐 어스름 속으로 사라졌다. 아마도 소변을 보러 나온 모양이라고 새소녀는 생각했다.

잠시 후 돌아온 그 늙은 여자는 깜짝 놀란 듯 걸음을 멈추었다. 왜냐하면 조금 전 사냥꾼들이 새소녀를 데리고 야영지로 돌아왔을 때 그 자리에 없었던 것이다. 주위를 둘러보고 아무도 없다는 것을 안 그녀는 천천히 그위친족 여자에게 다가왔다.

그 치콰이 여인은 믿어지지 않는다는 듯이 무어라 중얼거리며 새소녀를 머리끝에서 발끝까지 뜯어보았다. 여인은 나이가 무척 많아 보였지만 행동은 민첩했다. 자기보다 머리 하나가 더 큰 새소녀를 올려다보던 여인은 단도직입적인 말투로 질문을 던졌다. 새소녀는 속절없이 두 손을 펼쳐 보였다. 한마디도 알아들을 수 없었던 것이다.

여자는 계속해서 무어라 말하고 있었다. 새소녀는, 혀 차는 소리와 혀 굴리는 소리가 단조롭고 길게 이어지는 여자의 말을 이해하려 애썼다. 여자는 화가 난 듯 흥분한 표정으로 이끼로 덮인 집들을 손가락으로 가리켰다. 이윽고 짜증이 난다는 듯 두 손을 치켜올렸다. 그러더니 정말 놀랍게도 새소녀에게 자기 집으로 가자고 손짓했다.

새소녀가 반응을 보이는 데는 시간이 걸렸다. 여자는 조바심을 내며 치콰이족 말로 무어라 외쳤다. 여자가 자신에게 화를 낼까봐 두려웠던 새소녀는 서둘러 그녀의 뒤를 따랐다.

그 집의 입구로 들어가기 위해서는 고개를 숙여야 했다. 낮은 터널 같은 입구에는 동물 가죽을 매달아놓아, 그것이 안쪽 문과 바깥쪽 문 구실을 하게 했다.* 집안의 벽은 꿰매 붙인 순록 거죽으로 덮여 있었는데 거죽에는 털이 달린 채였다. 보온을 위해서 그렇게 한 모양이라고 새소녀는 생각했다. 거처의 내부는 밖에서 보는 것보다 훨씬 널찍했다. 활석을 다듬어 안에 고래 기름을 채우고 위에 심지를 띄워 불을 밝힌 등잔이 주변을 환하게 밝히며 고르게 데워주고 있었다. 천장 꼭대기에는 작은 구멍들이 있어 등잔에서 나오는 연기가 빠져나가도록 되어 있었다.

새소녀가 주위를 둘러보는 동안 치콰이 여인은 방 한쪽에 있는, 순록 거죽을 깐 잠자리로 가서 새소녀는 신경도 쓰지 않은 채 그 위에 누웠다. 새소녀가 잘 수 있는 유일한 공간은 딱딱한 바닥뿐이었다. 편안해 보이지는 않았지만 그녀는 피곤했고 언제 또 쉴 수 있을지 알 수 없는 일이었다. 그녀는

---

* 에스키모들의 거처는 집 안쪽은 털이 실내로 향하게, 집 바깥쪽은 털이 밖으로 향하게 해서 가죽으로 지었다고 한다.

바닥에 누워 늙은 여인의 코고는 소리를 들으며 천장을 바라보았다.

　기름등잔이 거처 전체에 부드럽고 어른거리는 빛을 던지고 있었다. 새소녀는 잠을 자려 애썼지만 도망쳐야 한다는 생각이 마음속에서 점점 커져갔다. 치콰이들은, 이 지방에 낯선 그녀가 길을 잃을까 두려워 도망치지 못하리라고 생각하고 있을 터였다. 새소녀는 그때가 바로 탈출할 기회임을 알았지만, 또다시 공포에 사로잡혔다. 그녀의 몸은 물과 음식을 먹지 못해 약해져 있었고 잠이 간절하게 필요했다. 만약 지금 도망친다면 추위와 극도의 피로로 죽고 말 터였다. 운이 좋아 툰드라지대를 가로지르는 데 성공한다 해도 산악지대를 넘어가는 길을 찾아낼 수 없을 터였다. 지금은 일단 기다려야 했다. 몸이 다시 강건해지고 어디로 도망쳐야 할지 알게 되면 이곳에서 탈출할 터였다.

　새소녀는 뱃속에서 줄곧 꼬르륵 소리가 나는 바람에 잠을 푹 자지 못했다. 아침에 잠에서 깨어 늙은 여인이 기름등잔 위에 두 손을 올려 온기를 쬐면서 말린 고기 조각을 씹어 먹는 것을 보았다. 그 광경을 보자 새소녀는 입에 군침이 돌았지만, 여자는 새소녀를 무시했다. 새소녀는 어떻게 하면 먹을 것을 좀 얻을 수 있을지 생각해보았다. 포로 생활을 오래 하진 않았지만 그 무엇도 공짜로 주어지지 않는다는 사실을 이미 배웠던 것이다.

그때였다. 놀랍게도 여인이 고기 조각 하나를 던져주었다. 새소녀는 그것을 조심스럽게 받아 씹기 시작했다. 육포에서는 비계가 많은 고기에서 나는 시큼한 맛이 났다. 새소녀는 인상을 찌푸리지 않으려 애쓰며 천천히 고기를 씹었다. 왜냐하면 그 동물 기름이야말로 지금 그녀의 몸에 가장 필요한 것이었기 때문이다. 여인은 그녀를 똑바로 바라보지는 않았지만 동물 가죽으로 만든 부대에서 물을 마시라는 손짓을 했다. 새소녀는 그녀가 하라는 대로 차가운 물을 맛있게 마셨다.

한쪽은 젊은 그위친족, 또 한쪽은 늙은 치콰이족인 두 여자는 함께 말없이 음식을 먹었다. 그런데 갑자기 요란한 소리와 함께 투라크가 그 집안으로 들어왔다. 그는 새소녀의 손목을 거칠게 움켜쥐면서 늙은 여자를 향해 고함을 치며 불끈 쥔 주먹을 휘둘러댔다. 여인은 그의 존재는 안중에도 없다는 듯 어깨를 으쓱여 보였다.

약이 오른 투라크는 새소녀에게 관심을 돌렸다. 그녀의

머리 옆쪽을 세차게 휘갈긴 다음 집밖으로 질질 끌고 나갔다. 그녀가 아파서 비명을 지르자 또다시 후려치고는 그녀가 무게가 전혀 나가지 않는 것처럼 가볍게 자기 집까지 끌고 가 안으로 들어갔다.

몸집 큰 치콰이는 화가 나서 새소녀에게 삿대질을 해가며 특유의 쉰 듯한 목소리로 고래소래 소리를 질러댔다. 포로가 자신이 원하는 바를 알아채지 못하자 더더욱 화를 내며 또다시 그녀를 때렸다. 마침내 새소녀는 그가 집을 청소하기를 원하는 모양이라고 짐작했다. 그녀는 재빨리 주저앉아 바닥에 아무렇게나 흩어져 있는 옷가지들을 줍기 시작했다. 이윽고 자신의 바람대로 되자 투라크는, 머리가 지끈거리는 가운데 깊은 상실감에 빠진 새소녀를 내버려두었다.

얼마 지나지 않아 새소녀가 투라크의 노예 신세로 그와 함께 살아야 한다는 사실이 분명해졌다. 적의 땅에서 여러 날을 보내고 나자, 새소녀는 야영지의 모든 사람들이 투라크를 떠받들고 두려워한다는 것을 알게 되었다. 다만 그 고집 센 늙은 여자만은 예외인 듯했다. 새소녀의 무리가 그러하듯 치콰이들도 먹을거리를 조달해 자신들을 살아남게 해주는 힘센 사냥꾼들을 숭배했다. 그래서 투라크가 아주 사소한 실수를 트집 잡아 노예의 머리를 후려치는 것을 보아도 고개를 돌릴 뿐 아무 말도 하지 않았다.

그러는 동안 투라크는 새소녀의 남편이라도 되는 듯이 당당하고 거칠게 그녀를 유린했다. 그녀가 피를 흘리자 기뻐하는 듯했다. 새소녀가 온 힘을 다해 흐느낌을 억제하려 애쓸 때면 잔인하게 웃었다. 그가 잠이 들고 한참이 지나서까지도 그녀는 잠을 이루지 못하고 자신이 저지른 끔찍한 실수를 곱씹었다. 무리로부터 도망친 것은 혼인을 피하기 위해서였다. 그런데 이제 적의 손아귀에 붙잡혀 그보다 훨씬 더 잔인한 운명으로 고통스러워하고 있었다.

10장

"우리는 우리의 미래를 믿어야 해"

 겨울이 깊어갔다. 추위가 한두 차례 왔다 가고 눈이 많이 내렸다. 해가 지평선에 나직하게 걸린 어느 날, 아이들 몇몇이 다구의 천막으로 달려들어오면서 한 무리의 남자들이 그들의 야영지로 다가오고 있다고 소리쳤다.

 창끝을 날카롭게 갈고 있던 다구는 튕겨지듯 몸을 일으켰다. 차가운 공포가 그를 휩쌌다. 어머니들은 아이들을 데리고 서둘러 천막 안으로 들어갔다. 어린 사냥꾼들과 여자들이 무기를 갖고 앞으로 나섰지만, 다구는 그들이 다른 무리와 맞서 싸울 만큼 강하지 않다는 것을 알고 있었으므로 무력감을 느꼈다.

그는 강둑을 따라 점점 가까이 다가오는 남자들을 긴장된 얼굴로 지켜보았다. 다 해봐야 세 사람이었으므로 다구는 자기네 무리가 어쩌면 그들을 이길 수 있을지도 모르겠다고 생각했다. 그가 야영지 앞에 섰고 소년들과 여자들이 뒤에 섰다. 가까이 다가온 낯선 이들의 옷차림을 보고 다구는 상대가 그위친족이라는 것을 알 수 있었다. 하지만 여전히 긴장을 풀 수 없었다. 왜냐하면 엄혹한 겨울에는 친지 또한 잘 알려진 적만큼이나 치명적인 존재가 될 수 있었던 것이다.

"우리는 당신들에게 해를 끼칠 생각이 없습니다. 우리는 친구입니다. 우리 무리 한 사람을 찾고 있을 뿐입니다." 낯선 이들 중 하나가 큰 소리로 말했다.

다구는 어떻게 하면 좋을까 생각해보았다. 아버지의 죽음 이후 다른 사람을 쉽사리 믿을 수 없었다. 하지만 그들은 악의가 없어 보였다. 잠시 후 그가 대답했다. "거기 계십시오. 내가 그쪽으로 가겠습니다." 다구는 그들을 향해 조심스럽게 발걸음을 옮겼다.

그들 중 하나가 서둘러 말했다. "우리는 여동생을 찾고 있습니다. 그애는 몇 주 전에 우리 야영지를 떠났는데 그후에는 본 사람이 없어서요."

다구는 그 사람이 같은 부족의 방언으로 말하는 것을 듣고 긴장을 조금 풀었다. 이들은 그위친족 중에서도 그들과 가까운 친척뻘 되는 무리였다.

"우리는 이 근처에서 낯선 사람을 본 적이 없어요." 그가 대답했다.

그밖에는 별로 할 말이 없었지만, 낯선 이들은 바로 떠나려 들지 않았다. 결국 다구는 예의상 그들에게 모닥불가에서 잠시 쉬었다 가라고 말했다.

남자들이 모닥불 주위에 앉자, 다구는 이들을 야영지 안으로 불러들인 것이 실수가 아닐까 하는 생각이 들었다. 그는 그들을 의심에 찬 눈으로 지켜보았다. "당신네 여동생이 몇 주 전에 떠났다면서 어째서 이제야 그녀를 찾는 겁니까?" 그가 물었다.

남자들은 눈길을 교환했다. 그중 하나가 길게 한숨을 쉬었다. "제 동생 새소녀는 무척 독립적입니다. 그애는 혼인하라는 압력을 받고 있었지요. 아버지께서 그애에게 신랑감을 골라주기로 한 전날 밤 그애는 우리 야영지를 떠났답니다.

우리는 그애에게 혼자 있을 시간이 필요한 모양이라고, 곧 돌아올 거라고 생각했어요. 그런데 여러 주가 흘렀는데도 소식이 없어서 부모님이 걱정하고 계십니다. 부모님이 그애를 찾아오라고 우리를 보내셨지요." 그가 설명했다.

남자들 중 다른 하나가 다구가 그의 여동생 이름을 듣고 놀라는 것을 눈치챘다. "혹시 그애를 본 적이 있습니까?" 그가 다구에게 물었다.

다구는 망설이다가 말했다. "강가에서 한 차례 만난 것 같습니다. 사냥을 하는 중이라더군요. 하지만 그때는 무리에게 돌아갈 생각인 것 같았습니다."

남자들은 다구가 그들의 여동생을 만난 때가 그녀가 도망치기 얼마 전일 것이라고 결론지었다. 다구가 여동생을 찾는 데 도움을 줄 수 없을 거라는 사실을 알았지만, 그들은 호기심을 보이며 바로 떠나려 들지 않았다. 그들은 이 무리의 구성원이 주로 여자들과 아이들이고 성인 남자라고는 다구 하나뿐인 점을 이상하게 여겼다. 또한 다구는 한 무리의 수장이 될 정도로 성숙하지도, 자신에 차 보이지도 않았다. 남자들 중 하나가 조심스럽게 물었다. "그런데 남자들은 어디 있습니까?"

다구는 대답하기 전에 한순간 생각에 잠겼다. 그로서는 이 사람들을 믿어야 할 이유가 없었다. 하지만 그들을 믿고 싶었다. 왜냐하면 무리의 비극을 혼자 감당하는 데 지쳤던 것이다. 마음이 바뀌기 전에 그는 불쑥 말을 내뱉었다. "모두 순록 사냥을 나갔다가 치콰이들에게 죽임을 당했습니다."

"그 일이 언제 일어났습니까?" 남자가 물었다.

다구는 자신도 모르게 그날 일을 그들에게 들려주고 있었다. 말을 끝낸 다음 다구는 새소녀의 오빠들이 몸을 움츠리고 모여앉아 그들끼리 낮은 목소리로 이야기하는 모습을 신경을 곤두세우고 지켜보았다. 걱정이 된 다구가 그의 무리 쪽을 바라보았다. 그의 어머니가 안심하라는 듯 미소를 지으며 어깨를 으쓱였다. 다구는 희미하게 미소를 지으며 고개를 돌렸지만 어머니처럼 확신할 수는 없었다.

이윽고 세 남자는 다시 다구에게로 관심을 돌렸다. 그중 한 남자가 말했다. "동생들과 나는 당신네가 우리 무리로 들어오는 게 좋을 거라고 생각합니다." 그의 말을 듣고 무리가 흥분해서 나직하게 두런거리는 소리가 다구의 귀에 들려왔다.

남자가 조용히 하라는 의미로 두 손을 들어올렸다. "아직

내 말이 끝나지 않았습니다. 여러분이 그 재난에서 살아남은 것은 다행스러운 일입니다. 여러분은 용감했습니다. 하지만 이 땅에서 살아남는 데에는 용기 이상의 것이 필요하다는 사실을 알 겁니다. 살아남기 위해서는 많은 사람들이 함께 일해야 합니다. 이게 그위친들이 이제까지 살아남기 위해 해온 방식입니다.

우리 무리에는 훌륭한 수장이 계십니다. 그는 공정한 분이고 인생의 반 이상을 좋은 지도자로 살아오셨습니다. 그분과 나머지 우리 무리는 여러분을 환영할 겁니다."

다구는 감정이 복받쳐 목이 죄어드는 것을 느꼈다. 그의 무리가 새로운 미래를 제안받은 것이다. 하지만 다구는 애써 흥분을 가라앉혔다. 이 일을 혼자서 결정할 수는 없었다.

"저는 이 문제를 우리 무리와 의논해야 합니다." 그가 세 남자에게 말했다. 세 남자는 알겠다고 말하고 그들 무리가 따로 의논할 수 있도록 야영지에서 조금 떨어졌다.

"어떻게 생각하세요?" 다구가 어머니를 바라보며 물었다.

슈린야 역시 놀라서 무어라 대답해야 할지 몰랐다. 그때 남자 노인들 중 하나가 말했다.

"난 자네가 자랑스럽네, 다구. 좋은 지도자가 되어주어서 말일세. 이 제안을 받아들이지 않는다 해도 우리가 이 겨울을 넘길 수 있을 거라고 난 확신하네. 하지만 여자들은 새로 남편을 찾아야 하고 아이들에게는 아버지가 필요하네. 그들을 가르칠 남자들 말일세. 우리는 먹고사는 일로 너무 바빠서 소년들을 제대로 가르칠 시간이 없네." 그가 말했다.

다구의 어머니가 동의한다는 뜻으로 고개를 끄덕였다. "저분 말씀이 맞아. 좀 더 나은 기회를 갖기 위해서 우리에겐 더 많은 사람들이 필요해. 그렇게 해야 해."

많은 성인들이 동의했지만 몇몇은 확신이 없는 듯했다. 다구 역시 확신할 수가 없었다. 이 모든 일이 너무 순식간에 일어나서 잘못된 선택을 하지 않을까 걱정스러웠다.

"어떻게 해야 할지 모르겠습니다. 내가 여러분 모두를 대신해 결정해서 나중에 후회하고 싶지 않습니다. 여러분은 스스로 결정을 내리셔야 합니다. 우리는 저 무리를 모릅니다. 우리가 그들에게 합류한다면 저들을 완전히 믿을 수 있어야 하는데 말입니다."

사람들은 고개를 끄덕이고는 자기네들끼리 이야기를 하기 시작했다. 그동안 다구는 새소녀의 오빠들에게로 관심을 돌리고 새소녀에게 무슨 일이 일어난 것일까 생각해보았다.

그녀는 아직 살아 있을까? 야생의 자연 속에서 혼자 살아남기란 어려운 일이었다. 늑대의 경우라도 무리로부터 떨어져 나오면 살아남을 가능성이 줄어드는데 하물며 아이 티를 겨우 벗은 젊은 여자가 어떻게 혼자 살아남을 수 있단 말인가?

다구가 마음속으로 이런저런 생각을 하고 있을 때, 어머니가 그를 불렀다. 어머니가 무리를 대신해 말했다.

"우리는 저 무리에 합류할 거야. 우리는 우리의 미래를 믿어야 해. 우리 자신의 힘만으로도 살아남을 수 있겠지만 그건 힘들고 위험할 거야. 우리가 우리 자신을 보호해야 할 경우를 대비해 남자들이 많은 편이 낫다." 슈린야가 말했다.

세 남자의 얼굴에 웃음이 퍼져나갔다. "당신들은 그 결정을 후회하지 않을 겁니다." 한 남자가 말했다. 다구의 무리는 따뜻한 미소로 답했다.

다음날 아침 새소녀의 큰오빠가 다구 무리들에 대해 이야기하기 위해 그의 무리에게로 돌아갔다. 그동안 두 남자는 다구와 다른 사람들이 짐을 싸는 것을 도왔다. 이틀 후 새소녀의 큰오빠가 돌아와 그들의 수장과 그의 무리가 새 가족의 도착을 손꼽아 기다리고 있다는 말을 전했다. 자신의 짐을 싸면서 다구는 두 어깨에 올려져 있던 무거운 짐이 내려지기라도 한 것처럼 커다란 안도감을 느꼈다.

작은 무리는 쌓인 눈밭을 여러 날 걸어 새로운 야영지에 도착했다. 다정해 보이는 많은 그위친들이 인사를 건넸다. 천막을 치면서 그들은 집에 온 느낌을 받았다. 얼마 지나지 않아 아이들은 그곳의 아이들과 어울리기 바빴고 여자들도 새로운 이웃들과 이야기를 나누었다. 그 모습을 바라보면서 다구는 자신의 무리에 대한 애정이 샘솟는 것을 느꼈다. 그들이 그렇게 행복해하는 모습을 보는 것은 정말 오랜만이었다.

그로부터 몇 주가 지난 어느 날 작은 동물을 사냥하기 위해 오솔길을 따라 걷던 다구는 새소녀의 세 오빠를 만났다. 그는 그들이 새소녀를 찾기 위해 종종 여러 날 동안 야영지를 비운다는 사실을 알고 있었다. 다구는 자신도 돕겠다고 제안했지만 그들은 거절했다.

"그애는 우리의 동생이에요. 그애를 찾는 건 우리의 책임이죠." 한 남자가 말했다.

다구는 실망했다. 그가 새소녀를 찾는 일에 합류하고 싶었던 이유는 그럼으로써 자연 속을 탐사할 수 있기 때문이었다. 하지만 그들의 뜻을 존중한다는 의미에서 더이상 고집을 부리지 않았다.

  몇 달이 흘러 눈이 녹기 시작할 무렵 다구는 새소녀의 오빠들이 치콰이 영역 근처의 한 동굴에서 여동생의 물건을 발견했다는 이야기를 들었다. 만약 새소녀가 동물에게 죽임을 당했다면 옷가지와 시신의 일부가 남아 있어야 했지만 그런 것은 전혀 없었다. 새소녀의 어머니는 비탄에 잠겨 울음을 터뜨렸고, 아버지는 굳은 얼굴로 서서 자신을 질책했다. 세 오빠와 그들의 아내들은 슬픔에 잠겨 고개를 떨구었다. 새소녀가 치콰이들에게 납치되었거나 죽임을 당했다는 사실을 아무도 의심하지 않았다.

  다구는 그들을 위로하고 싶었지만 예의를 지켜 거리를 유지했다. 무리의 나머지 사람들처럼 자존심 강한 일가가 슬퍼하는 모습을 속수무책으로 지켜보기만 해야 했다.

  눈물이 마르자 새소녀의 오빠들은 새소녀를 찾는 것을 결코 포기하지 않겠다고 맹세했다. 그들은 산악지대를 넘어가 새소녀를 납치한 치콰이를 찾아내서 여동생을 구해오든지 아니면 최소한 복수라도 하겠다고 결심했다. 이 말을 들은 다구는 자신도 함께 가고 싶다고 말했다. 하지만 그들은 또다시 그의 도움을 거절했다.

짐을 꾸려서 먼 북쪽의 산악지대를 향해 평원을 가로질러 떠나는 그들을 다구는 안절부절못하는 마음으로 지켜보았다.

11장

적들과 함께 살다

얼마 지나지 않아 새소녀는 치콰이의 노예로 사는 삶의 양식을 익혔다. 투라크가 다른 사내들과 여러 날 사냥을 나간 동안에는 여자들이 그녀에게 바쁘게 일을 시켰다. 조금이라도 저항하면 매질이 돌아올 뿐이었으므로 그들이 원하는 것은 무엇이든 하려고 애쓰면서 순종적으로 행동했다. 때때로 그들의 말이나 몸짓을 이해하지 못할 때면 그들은 화를 내며 엉덩이를 몽둥이로 때리거나 뺨을 후려쳤다. 실제로 새소녀는 치콰이들의 단어를 어느 정도 배워서 그들의 요구나 욕설을 알아들을 수 있었다.

새소녀가 그들을 기쁘게 하기 위해 아무리 노력해도, 치콰이들은 그녀가 자기네 적이라는 사실을 줄곧 환기시켰다. 아이들이 새소녀를 놀리고, 그녀가 어떤 반응을 보이는지 보려고 장난삼아 물건을 집어던져도 여자들은 말리지 않았다. 새소녀는 자신이 우는 모습을 절대로 보이지 않겠다고 맹세하며 입술을 깨물고 눈물을 삼켰다.

그녀를 더 괴롭히기 위해 그들은 종종 먹을거리를 전혀 주지 않았다. 사실 음식 대부분이 낯설어서 거부감이 들었지만 그런 음식마저도 언제나 부족했다. 요리를 도울 때면 그녀는 훔칠 수 있는 것은 무엇이든 훔쳤다. 그러다 발각되면 여자들은 고함을 지르고 주먹으로 그녀를 두들겨 팼다. 그래서 새소녀는 머리를 써서 남몰래 음식을 훔쳤다.

밤에 투라크가 돌아오면 새소녀는 그에게만 신경을 써야 했다. 그는 집안을 청소하고 음식을 만들고 밥상을 차리게 했다. 그런 다음 동물 거죽이 깔린 잠자리로 가서 그녀를 강제로 욕보였다. 새소녀는 아픔과 모욕감 속에서도 결코 울지 않았다. 왜냐하면 그것이야말로 그가 원하는 것이기 때문이었다.

투라크와 그의 무리가 그녀의 영혼을 갈가리 찢으려 하면 할수록 새소녀는 더욱더 강해지고 고집스러워졌다. 그녀가 의지를 꺾고 자비를 구한다면 그들은 마침내 복수가 이루어졌다고 여기고 자기를 죽일 것이라고 그녀는 믿었다. 자존심이 그녀를 줄곧 살아 있게 했다.

어느 날 아침 새소녀는 언제나처럼 투라크의 거친 손길에 잠에서 깼다. 잠이 덜 깬 상태로 잠자리에서 나와 그에게 옷을 입혀주고 음식을 준비했다. 그날 새소녀는 몸이 좋지 않았다. 용변을 보기 위해 툰드라지대를 가로질러 비틀거리며 걸어가다가 주저앉아서 눈 위에다 구토를 했다. 몸 상태가 나아지자 그녀는 몸을 일으키고 앉아 입을 닦았다. 주위를 둘러보고는 자신의 약한 모습을 본 사람이 아무도 없다는 사실에 안도했지만 하루종일 속이 메스꺼웠다.

그날 이후 그녀는 아침마다 몸이 좋지 않았다. 한번은 눈 위에서 구토를 한 다음 앉아서 고개를 들었는데 누군가 그녀를 지켜보고 있었다. 치콰이들의 야영지로 들어온 첫날 함께 밤을 보낸 그 늙은 여자였다. 두 사람은 서로를 물끄러미 바라보았다. 이윽고 늙은 여인은 고개를 돌리고 걸음을 옮겼다.

새소녀는 그 여자가 다른 치콰이들에게 그녀가 아프다고 할 테고 모두들 그녀가 힘들어하는 것을 고소해하리라고 여졌다. 하지만 그런 일은 일어나지 않았다. 새소녀는 우크피크라는 이름의 그 늙은 여인이 그녀를 괴롭히는 데에 관심이 없음을 눈치챘다. 여자는 치콰이들의 다른 일상적 관례 같은 것에도 관심이 없었다. 우크피크가 다른 여자들과 시간을 보내는 일은 아주 드물었고 자기 거처에 아이들이 들어오면 종종 쫓아냈다. 날씨가 허락할 때면 그 늙은 여자는 먹을 것을 구하기 위해 혼자 나가서는, 저녁이면 사냥으로 잡은 작은 짐승들을 들고 돌아오곤 했다.

바람이 사납게 몰아치는 여러 달의 겨울을 보내면서 새소녀는 시간 감각을 모두 잃어버렸다. 집밖으로 나갈 때면 바람이 매섭게 얼굴로 불어닥쳤고, 때로는 휘몰아치는 눈보라 때문에 야영지 주위 전체에 하늘부터 땅까지 거대한 눈의 벽이 세워진 것 같기도 했다.

새소녀는 추위가 맹위를 떨치는 날들이 두려웠다. 투라크가 집에서 나가지 않고 안절부절못하며 걸핏하면 화를 냈던 것이다. 그녀는 사람들이 잔뜩 가져다놓은 수선 일이 있어 다행이라고 여기며, 그의 눈앞에서 걸리적거리지 않기 위해 신경을 곤두세운 채 벽에 붙어 지냈다. 그녀의 존재가 마음에 들지 않으면 투라크는 즉각 그녀를 살을 에는 추위 속으로 쫓아냈다. 그러면 다른 치콰이들의 집으로 가 추위를 피하게 해달라고 애걸할 수밖에 없었다.

그렇게 눈 속으로 내쫓기는 경우 새소녀는 여러 차례 우크피크의 거처로 몸을 피했다. 늙은 여인은 반갑게 맞지는 않았지만 그렇다고 쫓아내지도 않았다. 하지만 그럴 때마다 얼마 후 투라크가 자기 노예를 찾으러 와서는 그녀를 질질 끌고 집으로 데려갔다.

가장 혹독한 추위가 지나가자 투라크는 얼어붙은 바다 위에서 물개와 북극곰을 사냥하기 위해 집을 떠나 여러 날 동안 돌아오지 않았다. 새소녀가 며칠 밤을 평화롭게 보낼 수 있는 것은 그때뿐이었다. 낮 동안에는 치콰이 여자들이 투라크의 지시대로 줄곧 일을 시켰다. 하지만 그들은 자신들이 좋아하는 일을 새소녀에게 넘겨주고 싶지 않아 때때로 그녀의 존재를 못 본 척했으므로 새소녀는 약간의 자유를 누릴 수 있었다

어느 날 투라크가 나가고 나서 바람이 강하게 불자 새소녀는 퀴퀴한 냄새가 나는 옷가지들과 담요를 바람에 널어 말리기로 마음먹었다. 집과 집 사이에 걸쳐놓은 장대로 가서 무거운 털담요를 걸던 그녀는 몇몇 여자들이 흥분해서

이야기하는 소리를 들었다. 그들은 자신을 손가락으로 가리키며 쑥덕거리고 있었다.

새소녀는 즉각 동작을 멈추고 그들을 지켜보았다. 치콰이 여자들이 그렇게 큰 관심을 보이는 것은 곤란한 일이 생겼다는 뜻이었다.

한 여자가 대담하게 새소녀에게 다가와 불쑥 그녀의 배 위에 한 손을 얹었다. 두 여자는 서로의 눈을 지그시 응시했다. 문득 새소녀는 그 여자가 무엇을 의심하고 있는지를 깨달았다. 그 생각은 눈사태처럼 천천히 내려쌓이다가 새소녀의 마음속으로 한꺼번에 밀려들어왔다. 두 다리에서 힘이 빠져나갔다. 왜냐하면 치콰이 여자의 짐작이 맞았던 것이다. 그녀는 임신중이었다.

새소녀는 비틀거리며 투라크의 집으로 들어갔다. 그녀를 보는 사람들이 모두 사라지자 그녀는 소리 내어 헐떡거리며 온몸을 가득 채우는 구역감을 가라앉히려 애썼다. 그녀의 유일한 꿈…… 나무 한 그루 찾아볼 수 없는, 끝없는 하늘과 화난 얼굴들뿐인 이 낯선 땅에서 그녀를 살아 있게 해준 희망…… 그 꿈이 이제 위협받고 있었다. 매일 밖에서 일을 할 때면 풍경을 꼼꼼히 살펴보았고 이제 멀리 보이는 산악지대

를 통과할 길을 찾아낼 수 있을 것 같지 않았던가.

모든 것이 한순간에 달라져버렸다. 그녀는 자신이 강인한 존재라고, 쓰러진 나무 위를 가볍게 뛰어넘고 지치지 않고 긴 거리를 달리며 물살이 빠른 강을 거슬러 헤엄치고 많은 동물들을 사냥할 수 있다고 생각했다. 그런데 이제 정말로 패배한 노예가 되고 말았다. 얼마 지나지 않아 그녀는 자신을 포획한 자의 아이를 낳느라 고통의 신음을 내지를 터였다.

새소녀는 한 손을 배 위에 올려놓았다. 몇 달 후면 몸이 불어나고 무거워져서 달릴 수 없으리라는 것을 알고 있었다. 탈출할 거라면 지금 해야 했다.

더이상 생각하지 않고 주머니에 비계 붙은 말린 고기, 부싯돌, 칼, 털담요를 집어넣었다. 투라크의 물건을 훔친다는 생각에 겁에 질리긴 했지만 산들을 넘어가며 살아남기 위해서는 그것들이 필요할 터였다.

그날 밤은 바람이 스산한 소리를 내며 심하게 불었다. 새소녀는 따뜻한 거처에서 억지로 몸을 끌어내다시피 하며 차가운 어둠 속으로 나왔다. 야영지 안에 있는 모든 것의 위치를 기억하려 애쓰며 소리 없이 익숙한 집들 사이를 걸어나왔다. 천막 앞을 지나 얼어붙은 툰드라지대를 가로지르는 동안 개들이 고개를 들었지만 한 마리도 짖지 않았다.

뒤를 돌아보아도 더이상 치콰이족의 야영지가 보이지 않자 새소녀는 길게 숨을 내쉬었다. 바람이 날카로운 소리를 내며 얼굴을 할퀴고 지나갔지만 그녀는, 고향이 있는 남쪽 방향 밖으로 벗어나지 않으려 애쓰며 바람 속으로 몸을 숙이고 나아갔다.

그녀는 그날 밤 내내 걸었다. 바람은 수그러들지 않았다. 새벽빛 속에서 보니 산들은 예상보다 더 멀리 있는 것 같았다. 두 다리는 이미 지쳐 있었다. 왜냐하면 그렇게 걷는 것이 오랜만이었고 평소라면 튼튼했을 몸이 임신을 하면서 기능이 떨어지기 시작했던 것이다. 새소녀는 누군가가 뒤따라오는지를 확인하기 위해 어깨 너머를 돌아보는 시간조차 아끼며 내리는 눈 속을 비틀거리며 걷고 또 걸었다. 이따금 걸음을 멈추고 쉬면서, 훔쳐온 비계 붙은 말린 고기 조각을 씹었다.

짧은 낮이 지나고 밤이 찾아오자 새소녀는 또다시 느낌에만 의지해 걸어야 했다. 어둠 속에서 땅이 오르막으로 변하는 것을 느꼈다. 그곳이 치콰이족과 그위친족의 영역이 나뉘는 산기슭에 있는 언덕이라는 것을 알 수 있었다. 흥분으로 온몸이 떨릴 지경이었지만 마음을 차분히 가라앉혔다. 아직도 갈 길이 멀었다.

하늘이 훤하게 밝아올 무렵 새소녀는 다시 온몸의 기운이 빠지고 말았다. 너무 오래 걸어 어지러웠고 힘겹게 걸음을 옮겨놓을 때마다 숨이 거칠어졌다. 하지만 지금은 약해질 때가 아니었다. 죽음이 뒤따라오고 있었다.

새소녀는 치콰이족 사냥꾼들이 순록 사냥터에서 그들의 고향까지 오는 데 며칠이 걸렸는지 기억해낼 수가 없었다. 왜냐하면 그때는 너무나 겁에 질려 있어서 시간의 흐름에 주의를 기울일 수 없었던 것이다. 그녀는 적어도 7일은 걸렸을 거라고 추측했다. 그녀가 돌아가는 여정은 그보다 더 오래 걸릴 터였다. 왜냐하면 높이 쌓인 눈 속으로 발이 빠지지 않게 해줄 눈신발이 없었기 때문이다.

넷째 날에 새소녀는 작은 언덕 끝에 이르렀다. 피로 때문에 걸음에 속도가 나지 않아, 비탈을 오르기 전에 휴식을 취하기로 마음먹었다. 그녀는 몸을 쉴 만한 곳을 찾아 주위를 둘러보았지만 보이는 것은 바람에 쓸려 모인 눈더미뿐이었다. 치콰이족의 개처럼 그녀는 눈더미에 굴을 파고 털 담요를 몸에 두르고 안으로 들어갔다. 몸과 마음이 한계에 이르러 있었다. 그녀는 깊은 잠 속으로 빠져들었다.

그로부터 몇 시간 후 투라크는 눈 동굴 안에서 자고 있던 새소녀를 찾아냈다. 새로 내린 가루 같은 눈에 덮여 거의 가려지다시피 한 그녀의 발자국을 노련한 사냥꾼의 눈으로 어렵지 않게 추적했다. 이제 그는 인정사정없는 눈길로 그녀를 내려다보고 있었다. 고집 센 여자였다. 그녀를 도망치게 내버려두는 것은 두 사람의 싸움에서 자신이 패배했음을 인정하는 셈일 터였다. 그럴 수는 없었다. 그는 주저하지 않고 그녀를 번쩍 들어 썰매 위에 올려놓고 개들을 몰아 치콰이족의 야영지로 돌아가기 시작했다.

썰매가 달리는 동안 새소녀는 잠에서 깼다. 자신이 어디 있는지를 깨닫자 깊은 절망감이 몰려왔다. 탈출하려고 필사적으로 노력했음에도 불구하고 다시 잡히고 만 것이다.

눈물이 두 뺨을 타고 흘러내렸다. 그녀는 자신이 품고 있는 생명을 떠올리며 자신과 아기가 어떻게 될지 생각해보았다. 그녀는 등뒤, 썰매에 서 있는 투라크에게 힐긋 눈길을 던졌다. 그녀 안에 있는 이 아이는 그녀의 일부이자 그의 일부였다. 두 오랜 적이 그녀의 자궁 안에서 만난 것이다.

생명이 수태될 때면 언제나 희망의 느낌, 시작의 느낌이 있는 법. 썰매 위에 실린 새소녀도 늘 유효한 이 마법에 완전히 무심할 수는 없었다. 그녀는 자궁 안의 생명을 위해, 자기 자신을 위해 최선의 미래가 펼쳐지기를 간절히 바랐다.

12장

아이가 태어나다

투라크가 썰매에 새소녀를 싣고 야영지로 돌아온 것은 저녁 무렵이었다. 거처를 나와 그를 맞이하는 사람은 아무도 없었다. 달아난 노예를 다시 잡아온 투라크가 홧김에 폭력이라도 휘두를까봐 지레 겁을 먹은 거라고 새소녀는 생각했다.

투라크는 새소녀의 팔을 거칠게 움켜쥐고 썰매에서 끌어내려 거처로 끌고 들어갔다. 집에 들어간 그는 그녀의 바지를 내리고 몸을 물끄러미 바라보았다. 야영지 사람들 모두가 그위친 여자가 아기를 가졌다고 수군거렸지만 그는 믿을 수 없었다. 자신이 그녀를 완력으로 취한 것은 그저 고통을 줄 심산이었을 뿐 어떤 결과를 낳을지는 전혀 생각하지 못했다. 한 손으로 그녀의 배를 거칠게 눌러보았고 배가 불룩하다는 것을 알 수 있었다. 이 그위친족 노예가 자신의 아이를 가졌다는 생각에 역겨웠다. 그는 화가 나서 그녀를 후려쳤다. 어찌나 세게 때렸는지 새소녀는 벽에 부딪혔다가 바닥에 널브러져 있는 물건 더미 속에 나동그라지고 말았다.

새소녀는 바닥에 쓰러진 채 정신을 차릴 수 없었다. 임신했다는 사실이 그녀에 대한 투라크의 감정을 누그러뜨려줄지도 모른다고 기대했었다. 하지만 그는 전보다 더 그녀를 증오하는 것 같았다. 투라크는 그녀에게 삿대질을 하고 화난 음성으로 고함을 치며 한바탕 욕설을 퍼붓고는 자리를 박차고 집에서 나가버렸다.

혼자 남겨진 새소녀는 삶의 의지가 사라지는 것을 느꼈다. 탈출에 성공해 그녀의 무리에게 돌아간다 해도, 그들은 치콰이의 자식이 있는 그녀를 받아주지 않을 터였다. 오히려 적과 잠자리를 같이 했다는 이유로 경멸할 터였다. 또한 그녀의 아이는 부분적으로는 그위친족이었으므로 치콰이족에게도 받아들여지지 않을 터였다.

다음날, 겨우 아이 티를 벗은 젊은 여자 하나가 수프가 담긴 그릇을 들고 투라크의 거처 안으로 들어왔다. 여자가 그릇을 건네자 새소녀는 미심쩍은 눈길로 그녀를 바라보았다. 새소녀는 그릇을 받아들어 입으로 가져갔다. 수프를 들이마시는 새소녀에게 여자는 신경이 곤두선 듯 어색한 웃음을 지어 보였다. 수프는 새소녀의 주린 배를 데워주었다. 그녀는 수프의 고기맛을 음미했다. 잠시 후 여자는 커다란 꾸러미를 갖고 돌아와 짐을 풀기 시작했다. 새소녀는 여자가 물건을 정돈하고 투라크의 잠자리를 손보고 다른 일을 하는 것을 지켜보았다. 그녀의 행동은 무엇을 의미하는 걸까? 여자가 이사를 들어왔으니 그녀는 떠나도 좋다는 뜻이 아닐까 하고 새소녀는 희망적으로 생각해보았다.

그날 밤 투라크가 돌아왔다. 그는 새소녀를 무시했지만 여자에겐 간간이 아는 척을 했다. 여자는 신경이 곤두서는지 몸을 움찔거렸다. 여자가 식사를 준비하자 투라크는 그녀와 새소녀의 시선을 받으며 음식을 먹었다.

잘 시간이 되자 여자는 투라크의 잠자리로 갔다. 그제야 새소녀는 알 수 있었다. 투라크가 새 아내를 얻은 것이다. 한순간 새소녀는 기운이 났지만 다음 순간 의혹에 사로잡혔다. 이런 상황에서도 치쾨이들이 그녀를 살려둘까? 그녀가 아이를 낳고 나면 무슨 일이 벌어질까? 새소녀는 그들이 그녀 안에서 자라는 생명을 받아들일 거라는 생각은 도저히 할 수 없었다.

한동안 새소녀는 투라크가 자신을 내쫓을 거라고 생각했지만 그런 일은 일어나지 않았다. 그녀는 그의 거처에서 지냈다. 밤마다 투라크가 새 아내를 껴안고 만지는 동안 새소녀는 그곳에 누워 있어야 했다. 아크파라는 이름의 여자는 이런 상황이 당혹스러운 듯했다. 둘만 있을 때면 새소녀에게 부끄러워하는 듯한 웃음을 지어 보였다.

투라크가 그녀에게 무관심해진 지금 새소녀의 삶은 좀더 견디기 수월해졌다. 하지만 태양이 단조로운 지평선을 따라 연붉은빛의 흔적만을 남기고 사라져버리는 길고 긴 겨울 동안 그녀는 투라크에게 사로잡히기 전의 생활을 떠올리며 여러 차례 눈물을 삼켜야 했다.

그녀는 자신이 얼마나 오만했는지를 깨달았다. 모든 것을 당연시하고 부모님의 충고를 귀담아듣지 않았다. 강할 뿐 아니라 누구에게도 뒤지지 않는다고 생각했지만, 사실은 보호를 받으며 살고 있었다. 이제 그녀는 세상을 좀더 알게 되었다. 점점 더 커져가는 둥근 배 위에 두 손을 올려놓고 새소녀는 바람이 눈보라를 일으켜 땅과 바다를 가로질러 눈의 벽을 만드는 모습을 지켜보았다. 하늘 가장자리에서 잠깐 보이는 해는 아무런 위로도 되지 않았다.

그러는 동안 아크파는 새소녀가 가는 곳이면 어디든 따라다녔다. 태양이 하늘 위로 좀더 높이 올라가고 추운 계절이 지나가자 두 여자는 봄이 되어 그곳으로 돌아온 새들과 얼룩다람쥐를 사냥하면서 많은 시간을 보냈다. 새소녀는, 늘 자기 곁을 떠나지 않는 아크파에게서 진정한 우정을 기대할 수 없다는 사실을 알면서도, 외로운 나머지 그 말 없는 동행에 고마움을 느꼈다.

다른 치콰이들은 새소녀와 줄곧 거리를 두고 지냈다. 때때로, 특히 그녀가 실의에 빠져 있을 때면 그들의 눈빛에 연민의 빛이 어리기도 했다. 하지만 그들은 눈길이 마주치면 재빨리 시선을 돌렸다. 그녀가 찾는 친절을 그들로서는 베풀 수 없다는 듯이.

새소녀는 종종 우크피크를 찾아갔지만 그때마다 화가 난 투라크의 손에 끌려 돌아와야 했다. 투라크는 자신의 그위친족 노예에게 친구가 단 한 사람이라도 생기는 것을 원치 않았다. 늙은 여자는 야영지에서 투라크의 기세에 눌리지 않는 유일한 사람이었다. 그녀는 무리가 그에게 감탄하고 그의 행동을 따르는 것을 좋게 보지 않았다. 원래 노파가 속한 무리는 공정하고 합리적인 족속이었다. 그런데 투라크의 증오심 때문에 무리 전체가 타락하고 말았다. 여자는 그런 이유에서 투라크를 경멸했다. 기회만 되면 노파는 새소녀가 자기들 부족의 적이라는 사실에 아랑곳하지 않고 그녀를 자기 집에 들여 음식을 주곤 했다. 그것은 그 늙은 여자가 투라크에게 저항하는 방식이었다.

여름이 왔고, 새소녀가 아기를 낳을 때가 되었다. 배가 너무 커져서 제대로 걷기가 힘들었다. 어느 날 그녀는 허리 근처에 고통스러운 경련이 일어나는 것을 느꼈다. 치콰이족 여자들은 그녀가 허리를 문지르는 모습을 보고 아기를 낳을 때가 되었다고 말했다.

새소녀의 두려움은 커졌다. 지난날 어머니가 출산에 대해 해주는 이야기에 귀를 기울이지 않았다. 출산을 돕는 일을 배웠어야 했음에도 요령을 피워 그 훈련을 받지 않았다. 이제 그녀는 뱃속에 있는 아기가 잘못될까 두려워 과거의 어리석은 행동을 후회했다.

등허리를 따라 고통이 심해지자 불안이 차올랐다. 여자들이 야영지에서 얼마간 떨어진 출산용 오두막으로 그녀를 데려가는 동안 새소녀는 지끈거리는 경련과 싸우느라 입술을 깨물었다.

이틀 밤이 지났지만 새소녀의 진통은 계속되었다. 산파들은 그녀에게 앉아 있는 것보다는 걸어다니는 편이 낫다고 말했다. 실제로 그녀는 걸어다님으로써 점점 커져가는 고통에 신경을 덜 쓰게 되었다. 셋째 날 여자들은 새소녀를 쉬게 하려 애썼지만 그녀가 잠이 들려고 할 때마다 날카로운 고통이 그녀를 깨웠다. 더이상은 못 참겠다고 생각한 바로 그때 몸 안의 것을 밀어내고 싶은 엄청난 충동이 몰려왔다.

여자들은 새소녀가 앉아 있을 수 있도록 잡아주며 격려의 말을 했다. 그녀는 출산이 견딜 수 없을 정도로 고통스러울 것이라고 예상했다. 하지만 거의 남아 있지 않은 힘으로 아기를 낳으려 미친 듯이 힘을 주면서 느낀 패배감이, 출산의 고통보다 더 견디기 어려웠다. 이윽고 몸이 찢어질 듯한 극도의 아픔이 느닷없이 그녀를 덮쳤다. 비명을 지르기도 전에 커다란 아기의 몸이 기다리고 있는 산파의 손으로 미끄러져 내려왔다. 새소녀는 커다란 안도감을 느꼈다.

여자들은 아기의 몸을 닦은 다음 여우 가죽으로 싸서 오두막 밖으로 데리고 나갔다. 새소녀는 막 태어난 아들의 검은 머리카락만을 언뜻 보았을 뿐이었다. 나이 많은 여자 하나가 남아 새소녀가 후산하는 것을 도와주었다. 여자는 새소녀에게서 나온 태반을 동물 가죽으로 조심스럽게 싸서 가지고 나갔다.

기운이 모두 빠진 새소녀는 등을 대고 누워 잠에 빠졌다. 그녀는 하루종일 그리고 밤이 이슥하도록 잤다. 잠에서 깼을 때 주위에 아무도 없다는 것을 알았다. 몸이 얼얼했지만 충분히 쉰 느낌이었다. 자신이 아기를 낳았다는 사실을 떠올리자 깊은 평화로움이 몸을 휘감았다. 아기를 안아보고 싶었던 새소녀는 힘없는 다리로 야영지를 향해 걷기 시작했다.

투라크의 거처로 들어간 그녀는 아크파가 아기를 어르고 있는 모습을 보았다. 새소녀가 아기에게로 다가가자 젊은 여자의 얼굴에 죄책감이 떠올랐다. 투라크의 얼굴이 분노로 어두워졌다. 그는 새소녀의 팔을 거칠게 움켜쥐고 집밖으로 끌어냈다.

투라크가 땅바닥에 패대기쳤지만 그녀는 즉각 다시 일어섰다. 어떻게 해서든 아기에게로 돌아가기 위해 그에게 달려들었지만 키 큰 투라크가 무시무시한 얼굴로 마치 벽처럼 앞을 가로막고 서 있었다. 그녀는 격렬하게 싸웠지만 또다시 투라크는 그녀를 문에서 멀리 끌어냈다. 이번에는 그가 어찌나 세게 떠밀었는지 내동댕이쳐진 그녀는 일어나지 못했다.

문득 모든 것이 선명해졌다. 그들이 아기를 훔쳐 간 것이다. 그동안의 정황으로 미루어 그녀는 아기와 함께 제대로 된 삶을 살 수 있게 되리라고 믿기에 이르렀다. 하지만 그것은 속임수였다. 투라크는 고문을 끝내지 않았다. 그녀가 도망치거나 자살할 경우에 대비해 아크파에게 그녀를 감시하도록 지시했다. 출산을 허락한 것은 그래야 아기를 빼앗을 수 있기 때문이었다. 그녀에게 고통을 주는 새로운 방식이었다.

극도로 분노한 새소녀는 온 힘을 다해 일어서서 투라크의 거처로 절뚝거리며 걸어가 그위친 말로 복수하겠다고 고함을 쳤다. 투라크는 주먹으로 그녀를 세게 쳤다. 그녀의 두 무릎이 꺾였다. 투라크는 그녀를 질질 끌고 우크피크의 집으로 갔다.

거기에서 두 치콰이는 큰소리로 말싸움을 벌였다. 우크피크는 투라크가 그위친 여자를 그토록 잔인하게 학대한 것에 대해 화난 어조로 투라크를 비난했다. 투라크는, 노예든 늙은이든 자기 말에 복종하지 않는 여자들을 더이상 참아주지 않겠다며 악담을 퍼부었다. 그렇게 이 여자가 딱하면 이 여자를 마음대로 하라고 그가 말했다. 그런 다음 발을 쾅쾅 구르며 그곳을 나가면서 그위친 계집은 자신이 목숨을 살려준 것을 고마워해야 한다고 소리쳤다.

투라크가 가고 나자 우크피크의 자그마한 어깨가 아래로 축 처졌다. 아무도 원하지 않는 이 원수 부족의 여자를 자신이 어떻게 한단 말인가? 그들은 이 여자를 이용한 뒤 내버렸다. 우크피크는 서글프게 고개를 내저었다. 왜냐하면 자신과 이 그위친 여자에게는 공통점이 많았던 것이다. 둘 다 무가치한 존재로 간주되었다. 그녀는 나이 때문에, 그리고 이 여자는 적의 부족이라는 이유로.

여러 날이 지났다. 그동안 우크피크의 만류로 새소녀는 그녀의 거처에 머물러 있었다. 마침내 밖으로 나온 새소녀는 이제 다른 치콰이들이 그녀를 본체만체한다는 것을 알았다. 그들은 그녀가 거기 없는 사람처럼 행동하고 있었다. 그녀의 존재를 성가셔하는 것 같았다. 왜냐하면 그녀는 더이상 활용 가치가 없었던 것이다. 그녀를 그들 곁에 붙잡아두려고 하는 사람은 투라크뿐이었다. 아이를 이용해 그녀를 괴롭힐 수 있었기 때문이다.

  투라크는 새소녀가 자기 아들의 삶에 조금이라도 관여하는 것을 허락하지 않았다. 치콰이들이 그녀에게 가한 모든 고통과 모욕을 다 겪어낸 지금, 새소녀는 새로 태어난 자신의 아이를 가까이서 지켜보기만 해야 한다는 것이 무엇보다 큰 고통임을 알게 되었다. 아이는 투라크의 거처에서 자랄 터였고, 그녀는 그곳에 들어갈 수 없었다. 그녀는 비통에 압도당한 나머지 찢어지는 슬픔에 잠겨 매일 밤을 눈물로 지새웠다.

13장

꿈을 좇아서

그후 5년 동안 다구는 자신이 사냥꾼으로 훈련시킨 소년들이 성인이 되어 가정을 꾸리기 시작하는 과정을 지켜보았다. 하지만 정작 자신은 혼인을 하지 않고 어머니 슈린야를 돌보았다. 나이가 들어가는 그녀를 도와 땔감을 모으고 그녀에게 먹을거리를 갖다주었다.

슈린야는 아들의 분방한 성격을 떠올리고 그런 면을 그리워하며 안쓰러워하곤 했다. 이제 그는 내성적이고 신중한 사람이 되었다. 그녀는 다구가 다시 활짝 웃는 날이 올지 궁금했다.

어느 날 다구는 어린 시절 이후 줄곧 갖고 다닌 무스 가죽

지도를 꺼내 부드럽게 쓰다듬었다. 그토록 오랫동안 바라온 대로 이제 무리를 떠나 그 땅을 탐사할 때가 되었다고 느꼈다. 용기가 꺾이기 전에 자신의 결정을 어머니에게 알렸다.

"네가 행복하지 않다는 건 줄곧 눈치채고 있었단다." 슈린야가 눈물을 글썽이며 말했다. "네가 하고 싶은 일을 하거라. 그러지 않으면 결코 행복해질 수 없을 거야."

그녀는 아들을 안아주었고, 다구는 말없이 눈물을 흘리며 어머니를 껴안았다.

이후 며칠 동안을 다구는 먼 길을 떠날 준비를 하며 보냈다. 그위친 무리는 그의 계획에 대해 질문을 하지 않았다. 사실 그의 꿈을 터무니없다고 생각했지만 예의상 아무 말도 하지 않았다. 그는 굳이 계획을 설명하지 않아도 된다는 사실에 안도했다. 왜냐하면 지도에 표기된 대로 남쪽에 있는 해의 땅으로 통하는 옛길을 따라간다는 것 말고는 아무것도 분명치 않았기 때문이다.

그는 새소녀의 세 오빠들과 작별 인사를 하지 못하고 떠나는 것이 안타까웠다. 그들은 그동안 수없이 그랬던 것처럼 산악지대로 긴 수색을 떠나고 없었다. 여러 해가 지났음에도 여동생을 찾을 수 있다는 희망을 결코 포기하지 않았다.

다구가 떠나기로 한 날이 오자 슈린야는 자기 천막 옆에 서서 의연하게 손을 흔들었다. 다구가 그토록 떠나려 드는 이유를 이해할 수 없었던 다른 사람들은 그저 그 모습을 물끄러미 바라볼 뿐이었다. 그가 걸음을 옮기기 시작하자 소년들 중 하나가 불쑥 물었다. "어디로 가시는 건데요?"

"난 해를 따라갈 거란다!" 그는 그렇게만 대답하고는 뒤를 돌아보지 않았다.

겨울 동안에는 강과 호수가 얼어붙어서 마음 놓고 얼음판을 걸으며 먼 길을 갈 수 있었다. 가죽 지도에 그려진 길을 따라가면서 오래전에 그 길을 묘사하던 노인의 말을 곰곰이 생각했다.

"우리 무리가 이 길로 갔다고 하더구나." 노인은 남쪽으로 가는 길을 땅바닥에 그려 보이며 말했었다. "우리는 그들이 태양의 나라에 도착했는지 어땠는지 알지 못한단다. 심지어 그곳이 실제로 존재하는지 아닌지도 몰라."

여러 주가 지났고, 이어 여러 달이 지났다. 그동안 주위의 풍경은 거의 바뀌지 않았다. 다구는 쌓인 눈과 익숙한 동물들을 보았으나 사람은 볼 수 없었다. 그러던 어느 날 사냥 잔치를 하고 있는 사람들을 맞닥뜨렸다. 한순간 사람들은 다구를 보고 어떻게 반응해야 할지 모르는 듯했고 다구 역시 그랬다.

"당신은 누구요?" 한 사람이 물었다.

다구는 그가 쓰는 말이 억양은 좀 다르지만 같은 그위친 말이라는 사실에 마음을 놓았다.

"저는 다구라고 합니다. 저는 '그위치아 지(평원의 사람)' 출신입니다." 그는 고향이 있는 북쪽을 손가락으로 가리켰다.

사람들이 앞으로 나와 우정 어린 태도로 그와 악수를 했다. "우리는 그쪽에 우리 부족이 살고 있다는 말을 들었습니다." 그중 한사람이 그렇게 말하며 다구에게 자신들과 함께 식사를 하자고 청했다. "우리의 주 야영지는 여기서 무척 멀리 떨어져 있습니다만, 언제나 이 지역에서 무스 사냥을 하지요. 이번에는 아직 무스를 보지 못했습니다."

모두들 호기심 어린 눈길로 다구를 바라보았다.

"당신은 어디로 가는 길입니까?" 또다른 남자가 물었다.

다구는 지도를 꺼내 자신의 이야기를 하기 시작했다. 사람들은 그를 물끄러미 바라보았다. 그가 말을 마치자 긴 침묵 끝에 한 사람이 말했다. "여기서 아주 멀군요. 거기 도착하려면 몇 달이 걸리겠네요."

다구가 고개를 끄덕였다. 그는 자신의 여정이 이제 겨우 시작일 뿐임을 알고 있었다.

"당신은 무척 특이한 사람이군요. 감탄이 나오지 않을 수 없네요. 가족을 떠나오기가 무척 힘들었을 텐데요." 한 남자가 말했다.

다구는 낯선 이의 이해심에 반가워하며 다시 고개를 끄덕였다. 혹시 다른 사람들도 자신과 같은 꿈을 꾸고 있는 게 아닐까 생각해보았다.

그날 밤 그 위친들은 다구를 자기네 야영지에서 묵게 해주고 그들의 이야기를 들려주었다. 다구는 그의 부족이 짐작보다 훨씬 더 넓은 지역에 퍼져 살고 있음을 알게 되었다.

"더 남쪽으로 가면 해안지대가 나옵니다." 한 남자가 설명했다. "하지만 겨울에 이 주변은 모두 춥고 눈으로 덮여 있지요. 당신은 사시사철 하루종일 해가 떠 있는 땅이 정말 있다고 믿습니까?"

다구는 그렇다고 대답했다. 이제 와서 전설을 의심하기에는 고향에서 너무 멀리 와 있었다.

다음날 아침 그는 새 친구들에게 작별을 고했다. 그들은 다구의 용기에 탄복하고 이 이야기를 가족에게 앞다투어 전하고 싶어했다.

"남쪽으로 더 나아가게 되면 조심하세요. 그곳 사람들은 우리의 적입니다. 우리와 쓰는 말이 다르고 낯선 사람을 반기지 않아요. 서로 교환할 만한 물건을 챙겨두는 게 좋을 겁니다. 그것이 당신을 살아남을 수 있게 해줄 겁니다." 그들이 주의를 주었다.

다구는 이 점을 좀더 일찍 생각했더라면 좋았을 것이라고 생각했다. 어머니가 무두질한 좋은 동물 가죽과 털을 가져왔어야 했다. 걸음을 옮기며 그는 이 여행을 위해 좀더 세심히 준비하지 않은 것을 후회했다.

겨울이 가고 있었다. 다시 혼자가 된 다구는 주위 풍경이 평원에서 언덕으로, 다시 언덕에서 산으로 바뀌고 있는 것을 알았다. 그는 앞을 막고 있는 산맥을 가로지를 길을 찾는 데 많은 시간을 보냈다. 높은 산등성이를 기어올랐고 깊은 협곡을 내려갔다. 길을 가면서 스라소니나 곰 같은 익숙한 동물들을 보았다. 그 동물들을 잡아 털을 마련하는 것이 어떨까 하고 생각해보았지만 그렇게 하면 무거운 짐을 가지고 걸어야 할 터였다.

여러 달이 지나자 다구는 시간 개념을 잃고 말았다. 날이 점점 더 따뜻해졌고, 산에서는 진흙이 눈 녹은 물에 섞여 흘러내렸다. 나무는 점점 더 크고 울창해졌고 껍질에는 녹색 이끼가 덮여 있었다. 가파른 비탈길에서 굴러떨어지는 것을 막기 위해 다구는 종종 식물의 줄기를 움켜쥐었는데 많은 식물의 줄기에 날카로운 가시가 있어 칼에 베이듯 손을 베이는 경우가 많았다. 두 손은 산을 오르느라 찢기고 멍이 들었다.

무스가 모습을 감추자 사냥할 짐승을 찾기가 어려워졌다. 하지만 다구는 땅이 달라지면 그곳에 사는 동물들도 달라질 것이라고 예상하고 있었다. 그는 작은 짐승들이 눈에 띌 때마다 종류에 상관없이 사냥해 식량으로 삼았다. 다람쥐조차도 늘 먹던 것과는 맛이 달랐다.

봄이 한창일 무렵 다구는 또다른 사람 무리를 발견했다. 그들은 다구를 보지 못한 듯했으므로 다구는 그들의 뒤를 밟았다. 그들은 순록과 생김새는 비슷하지만 크기가 작은 짐승을 장대에 매달아 두 사람씩 짝을 지어 어깨에 메고 멀찍이 앞서가고 있었다. 몇몇 사람이 혹시 뒤에 누가 따라오지 않나 하고 어깨 너머로 돌아보곤 했지만 다구는 그들의 눈에 띄지 않은 채 안전한 거리를 유지하며 그들을 따라갔다. 이윽고 그들은 자기네 집이 있는 곳에 이르렀는데, 다구가 본 어느 야영지와도 다른 모습이었다.

물을 앞에 두고 나무로 지은 집들이 한 줄로 늘어서 있는, 규모가 큰 정착지였다. 각 집의 문마다 색깔 있는 방패가 높이 매달려 있었는데, 거기에는 괴상한 얼굴이 채색화로 그려져 있었다. 생선과 고기를 말리기 위한 저장소가 물가를 따라 세워져 있었고, 야외에 피워놓은 모닥불에서 올라오는 연기가 대기에 떠도는 가운데 사람들이 왔다갔다하고 있었다.

마을은 지금까지 다구가 본 것 가운데 가장 큰 강둑을 따라 자리잡고 있었다. 강이 어찌나 넓은지 건너편 땅은 보이지 않았고 습기를 머금은 공기에서는 축축한 느낌이 났다. 물가를 따라 거대한 카누들이 수없이 놓여 있었다. 강의 크기에 걸맞게 커다랗게 만들어진 카누는 다양한 빛깔의 동물 문양으로 장식되어 있었다.

사냥꾼들이 잡아온 짐승을 내려놓자 그들의 귀가를 환영하기 위해 사람들이 모여들었다. 그때 사냥꾼들이 다구가 숨어 있는 숲 쪽을 손가락으로 가리켰다. 그는 자신이 발각되었다고 여기고 깜짝 놀라 뒷걸음쳤다. 하지만 잠시 후 자리를 잡고 앉는 사람들을 보고 다구도 긴장을 풀었다. 고기가 구워지는 맛있는 냄새가 대기를 채웠다. 그는 식욕을 느끼며 입술을 핥았다.

 다구는 사람들이 집으로 들어간 후 한참을 기다렸다가 숨어 있던 곳에서 나왔다. 그는 소리 없이 정착지로 다가가 모닥불 옆 바위 위에 남아 있는 고기를 훔쳤다. 약간의 죄의식을 느끼며 숨어 있던 곳으로 돌아와 부드러운 고기를 씹어 먹었다. 순록 고기와 비슷했지만 더 맛있었다. 그는 아주 맛있게 고기를 먹었다.

 다음날 아침 다구는 다시 조심스럽게 그 무리를 지켜보았다. 그들의 갖춰 입은 차림새에 호기심을 느꼈다. 동물 가죽과 털을 꿰매 옷을 만들어 입는 그위친들과는 달리 이 무리는, 강이나 바다에서 불어오는 찬바람을 막을 수 있도록 정교하게 만든 털 가운을 입고 있었다. 어떤 사람들은 나무껍질을 이용해 부드럽게 짠 외투 같은 것을 입었고, 또 어떤 사람들은 알록달록한 무늬가 들어간 망토를 두르고 있었는데, 털에서 자아낸 북슬북슬한 실로 짠 것 같았다. 그들은 또한 여러 종류의 모자를 쓰고 있었는데, 나무껍질이나 풀에 물을 들여 엮은 것도 있었고, 통나무를 가지고 새나 동물 모양으로 아름답게 조각해서 만든 것도 있었다.

 다구는 많은 사람들이 조개류의 껍데기로 만든 장신구를

착용하고 있는 것을 눈여겨보았다. 그런 조가비는 그위친 무리가 해안에 사는 같은 그위친 무리에게 많은 물건을 주고 바꾸는, 귀한 보물로 여기는 물건이었다. 또한 이 부족은 다구가 처음 보는 주황색 금속으로 만든 장식물이나 날카로운 무기들을 갖고 있었다.

다구는 그들을 지켜보며 그날 낮을 보냈다. 밤이 되어 그들이 잠들자 고기를 좀더 훔치기 위해 살금살금 밖으로 나왔다. 이번을 마지막으로 다시는 도둑질을 하지 않겠다고 결심했다. 그는 다시 길을 떠날 터였다.

그는 동물 가죽으로 만든 주머니에 맛있어 보이는 고기를 채웠다. 자리를 뜨려는 순간 누군가 자신을 지켜보고 있다는 느낌이 들었다. 다음 순간 험악해 보이는 남자들이 주위를 둘러쌌다. 몇 명은 코를 뚫어 코걸이를 걸고 있었고 모두 창과 금속 단도를 들고 있었다. 다구는 두 손을 위로 들어 올린 채 그 자리에 서서 움직이지 않았다. 단 한번의 실수로 목숨이 날아갈 수도 있었다.

사람들이 조심스럽게 그를 향해 다가왔다. 다구는 미소를 지어 보이려 했지만 그러기에는 너무 겁에 질려 있었다. 그들도 겁에 질려 있기는 마찬가지였다. 왜냐하면 낯선 형상을 한 그가 저세상에서 온 혼령일지도 모른다고 생각했던 것이다.

무리 중에서 키가 제일 큰 남자가 앞으로 나와 후두음이 강한 낯선 언어로 소리를 질렀지만, 다구는 감히 대답할 수 없었다. 그러자 추장이 앞으로 나와 그를 만져보았다. 다구가 귀신이 아닌 사람이라는 것을 알고 좀더 차분한 어조로 다시 말했다. 그들의 언어는 혀 차는 소리, 삼키는 소리로 이루어져 있어서, 그는 말을 한다기보다는 단어를 꿀떡꿀떡 넘기고 있는 듯했다. 그들은 고개를 끄덕이고는 긴장을 풀고 다구를 응시했다.

한때 지도자였고 사냥꾼이었고 정찰자였던 다구는 이제 그 사람들 앞에 도둑으로 서 있었다. 그는 수치스러웠다. 그들이 자신을 벌한다 해도 할 말이 없었다.

추장이 공격적으로 질문을 퍼부었다. 그의 검고 번뜩거리는 눈빛을 보자 다구는 공포로 등골이 오싹해졌다. 다구가 지도를 꺼내기 위해 주머니에 손을 뻗는 순간, 날카로운 창 끝이 그를 향해 다가왔다. 다구는 재빨리 두 손을 다시 공중으로 치켜들었다.

창을 겨누고 있던 사내 중의 하나가 몸을 앞으로 기울여 그의 주머니를 열고 지도를 꺼내면서 다구를 무서운 눈길로 바라보았다. 지도는 수장에게 전달되었고 수장은 그 지도를 주의 깊게 살펴보았다. 이윽고 수장이 다구에게 한 가지 질문을 던졌다. 그의 목소리는 호기심으로 가득차 있었다. 다구는 조심스럽게 몸을 앞으로 굽히고 지도를 손가락으로 가리키면서 자신이 어디로 가고 있는지 몸짓을 동원해 설명했다. 사람들은 그를 둘러싸고 서서 그가 말하고자 하는 바를 알아들으려 애썼다.

마침내 지도자의 얼굴에 이해했다는 표정이 떠올랐다. 그가 자기 무리에게 다구의 여행에 대해 설명하자 모두들 경외감에 차서 무어라 중얼거렸다. 다구는 그들이 그 땅 전체에서 가장 힘이 세고 호전적인 무리라는 것을 눈치채지 못했다. 그들은 평소라면 그를 목매달아 죽이거나 노예로 만들 터였다. 하지만 그의 이야기가 너무나도 뜻밖이어서 태양을 좇아 멀리서 온 그 여행자를 물끄러미 응시하며 서 있었다.

놀랍게도 수장은 다구에게 모닥불 근처에 펴놓은 풀로 짠 돗자리에 앉으라고 손짓했다. 수장은 고기로 가득찬 그의 주머니를 돌려주었다. 다구는 고맙다는 표시로 고개를 끄덕이며 그 주머니를 받아들면서 얼굴을 붉혔다. 누군가 그릇에 담긴 수프를 내밀자 그는 감사한 마음으로 그것을 마셨다. 그가 식사를 마치자 수장은 말과 손짓을 섞어 다시 질문을 했고, 다구는 진땀을 흘리며 대답하기 위해 애썼다.

사람들은 방문객이 하는 말을 온 힘을 기울여 알아들으려 애쓰면서, 믿어지지 않는다는 눈길로 그를 물끄러미 응시했다. 어째서 목숨을 위태롭게 하면서까지 알지 못하는 장소를 탐사하려는 걸까? 이 틀링기트족도 그위친족처럼 전통과 밀착된 삶을 살아가고 있었다. 어떤 틀링기트가 전통에서 벗어나는 행동을 한다면 분노와 경멸의 대상이 될 터였다. 하지만 다구는 틀링기트가 아니었으므로 그의 특이함은 그들에게 위협이 되지 않았다. 그들은 그를 이해할 수 없었지만 해의 땅을 찾겠다는 그의 꿈은 존중할 만했다.

다구는 틀링기트들과 상당히 오랫동안 머물며 그들의 삶의 방식을 배웠다. 그들은 여러 의식과 그림, 노래, 이야기로 삶을 수놓고, 그들이 쓰는 모자와 집 출입구의 틀에 그들의 역사를 그림으로 그려넣었다. 다구가 보기에 그들은 부유했고 그위친족이나 다른 부족들과 교역할 수 있는 많은 물건을 갖고 있었다.

그들은 먹을거리를 대부분 강이나 바다로부터 얻었다. 그위친족처럼 연어 고기를 무척 좋아했다. 얼마 안 있어 틀링기트족은 아름답게 장식된 카누에 다구를 태우고 나가 문어와 물고기를 잡는 법을 가르쳐주었다. 또한 썰물 때에 해안에서 조개를 캐는 시범을 보이기도 했다.

다구는 이들 무리와 자신의 부족 사이에 많은 차이점이 있음을 알 수 있었다. 하지만 틀링기트족도 그위친족처럼 땅과 물에 의지해 살고, 사람의 영과 새나 동물의 혼을 기리기 위해 의식을 거행하며, 불복종을 용인하지 않는 엄격한 전통을 지키고 있었다.

어느 날 아침 떠날 준비가 되었다고 느낀 다구는 몇 개 안 되는 소지품을 살펴보았다. 더 남쪽으로 내려가면 어떤 무리나 동물을 만날지, 어떤 땅에 이를지 알 수 없었으므로 약간의 먹을거리를 가져가고 싶었다. 하지만 음식과 바꿀 만한 물건이 없었다.

다구는 틀링기트들이 음악을 얼마나 사랑하는지를 보았다. 그는 그들의 지도자에게 노래 한 곡을 먹을거리와 바꾸고 싶다고 말했다. 수장은 웃음을 터뜨렸다. 그가 일찍이 들은 것 중 가장 괴상한 제안이었던 것이다. 하지만 다구가 진지하다는 사실을 알아채고 제안을 고려해보기로 했다.

무리의 모든 이들이 다구의 노래를 듣기 위해 모였다. 다구의 노래는 짧았지만 아름다웠고 사랑하는 이에게 작별 인사를 하는 애틋한 마음이 잘 드러나 있었다.

아이이 이 야아 아이이 이 야아
아이이 이 야아 아이이 이 야아

키트 차 니티히흐 카아
엔다 지찬 닌나할랴아
(난 언제나 당신을 사랑하리. 난 당신을 다시 만나리.)

아이이 이 야아 아이이 이 야아
아이이 이 야아 아이이 이 야아

샤난다이, 시 찬 니네할다이.
(날 잊지 마세요. 난 언제나 당신을 기억할 거예요.)

노래를 부르면서 다구는 어머니와 아버지를 생각했다. 그의 목소리는 열정으로 가득차 있었다. 매력을 느낀 수장은 다구와 함께 그 노래를 따라 부르기 시작했다. 그들이 노래를 마치고 사람들에게로 몸을 돌리자 사람들은 다구의 제안을 받아들인다는 뜻으로 박수를 쳤다.

지도자는 미소를 지으며 쑥스러워하는 다구를 두 팔로 얼싸안았다. 그는 노래가 마음에 들었으므로 먹을거리를 내줄 터였다. 다구는 자신이 무리에게로 돌아가면, 그들에게 다시는 이 노래를 부르지 말라고 말하겠다고 약속했다. 왜냐하면 이제 그 노래는 틀링기트족의 것이기 때문이다.

잠시 후 다구의 새 친구들은, 해안선을 따라 사는 부족들이 더 있고, 여러 세대에 걸쳐 자기네 부족은 땅과 먹을거리 때문에 그들과 싸워왔다고 다구에게 설명했다. 또한 사막지대, 구릉지대, 해변 같은 특이한 풍경에 대해서도 이야기했다. 그들에게도 저 먼 남쪽 땅에 대한 전설이 내려오고 있었다.

다구는 그들의 도움에 감사를 표하고 작별 인사를 했다. 멀어져가는 그를 보며 틀링기트족은 그가 여행하면서 만나게 될 낯선 땅과 적대적인 부족들을 머릿속에 떠올렸다. 저 사람과 그의 이상한 탐색은 앞으로 어떻게 될까?

14장

해의 땅

  이후 몇 달 동안 다구는 여행의 속도를 높였다. 지형이 산에서 평지로 점차 바뀌자 걸을수록 기운이 났다. 물가를 따라 걷고 또 걸었지만 아무도 만나지 못했다. 보이는 것이라고는 나뭇가지와 부서진 나무 더미 한가운데 흩어져 있는 버려진 마을의 잔해뿐이었다. 그는 먹을거리를 쉽사리 구할 수 있었다. 홍합을 비롯한 조개들을 줍고 틀링기트들이 가르쳐준 방법대로 나무 갈고리를 이용해 물고기를 잡았다. 밤에 해가 지고 나서도 대기가 따뜻했으므로 두꺼운 옷을 벗었다.

  북쪽 땅에서 그의 무리를 떠나온 지 9개월이 지났을 무렵 다구는 모래 해변에 도착해 평화로운 땅을 바라보며 걷고 있었다. 그의 시야 너머 멀리까지 펼쳐진 바다로부터, 바람이 소금기 어린 공기를 실어오고 있었다. 매끄러운 모래 위에 발자국을 남기는 다구 주위에서 갈매기와 도요새가 깍깍 울고 있었다. 마침내 그는 해의 땅을 발견한 것이다.

모래에 누워 따뜻한 햇볕에 몸을 데우면서 다구는 그 여행을 계속해야 할지를 생각해보았다. 태양은 머리 위에서 따뜻하게 내리쪼였고, 바다는 먹을 것을 풍부하게 제공해주었다. 그럼에도 다구는 더 앞으로 나아가기로 결심했다. 그곳은 풍요로웠지만, 앞으로 더 좋은 무엇인가가 기다리고 있을지도 몰랐다. 지평선 너머에 있는 것을 보고 싶다는 충동이 여전히 그를 사로잡고 있었다.

다구는, 그 옛날 그위친족 조상들이 따라간, 지도에 그려진 내륙으로 통하는 길 대신 해변을 따라가기로 마음먹었다. 어느 날 해변을 따라 걷다가 자신이 무리들로부터 얼마나 까마득히 멀리 떨어져 있는지를 문득 깨달았다. 혹시 그가 상처를 입거나 위험에 빠진다 해도 아무도 도와줄 사람이 없었다. 여기서 죽는다 해도, 그의 몸뚱이로 잔치를 벌이기 위해 기다리고 있는 새들과 작은 바다 생물들 이외에는 아무도 신경을 쓰지 않을 터였다.

　사람은 살아남기 위해 서로 도와야 한다는 그위친족 노인의 말이 머릿속에 떠올랐다. 고향으로부터 수천 킬로미터 떨어진 그곳에서 그 교훈이 평생 처음으로 실제적인 의미로 다가왔다. 자신이 얼마나 외로운가를 절감한 다구는 이제 며칠만 더 이 땅을 탐사한 다음 그의 무리에게로 돌아가기로 마음먹었다.

　남쪽으로 더 내려가자 해변이 이어졌다. 바다와 모래사장의 풍광이 아름다웠다. 그는 해물을 먹어 건강해졌고 눈부신 햇살은 따사로웠으며 피부는 까맣게 그을렸다. 그는 아무도 없는 텅 빈 바닷가에 익숙해졌다. 그렇게 하루하루 지낼수록 점점 더 그곳을 떠나고 싶지 않았다.

　여러 달이 흘렀다. 이윽고 날이 무더워졌다. 땀범벅이 되고 더위가 불쾌하게 느껴지자 다구는 서늘함과 눈의 땅이 그리워졌다. 그의 무리를 떠올리고는 그들이 어떻게 지내고 있을지 궁금해졌다. 지도를 살펴본 그는 자신이 충분히 멀리 왔다는 결론을 내렸다. 앞에는 넘기 어려워 보이는 산들이 보였고, 무리와 고향 땅이 그리웠다. 떠나고 싶어 안절부절못하는 마음이 더이상 남아 있지 않음을 깨닫고, 다구는

새소녀　169

다음날 떠나기로, 무리에게로 돌아가 해의 땅에 대해 말해주기로 결심했다.

그날 밤 누워서 하늘을 올려다보던 그의 귀에 누군가 우는 소리가 들려왔다. 그는 귀를 기울였다. 울음소리는 멎었다가 다시 시작되었다. 여자가 고통에 겨워 내는 소리 같았다.

다구는 키 큰 나무와 관목을 비추는 별빛에 의지해 소리 나는 곳을 향해 어둠 속을 걷기 시작했다. 울음소리가 그칠 때마다 걸음을 멈추고 기다렸다가 소리가 나면 다시 걸었다. 이윽고 여자가 있는 곳에 가까워졌음을 알 수 있었다. 여자도 그의 존재를 감지한 것이 분명했다. 왜냐하면 상당히 오랫동안 울음소리가 들리지 않았던 것이다. 동이 틀 무렵이었고 다구는 잠깐 눈을 붙이면서 다시 여자의 소리가 들려오기를 조용히 기다렸다.

그를 잠에서 깨운 것은 여자의 울음소리가 아니라 아기 울음소리였다. 그 소리가 너무 가까운 곳에서 나는 바람에 깜짝 놀라 관목 뒤에서 주위를 둘러보았다. 길게 물결치는 검은 머리를 한 젊은 여자가 무두질한 사슴 가죽에 싸인 아기를 안고 있었다. 그는 어떻게 해야 할지 알 수 없었다. 왜냐하면 여자는 밤새도록 진통을 하고 막 아기를 낳은 것이 분명했다. 그는 여자를 놀라게 하고 싶지 않았다.

그때 여자가 낯선 언어로 날카롭게 무어라 외치는 바람에 다구는 깜짝 놀랐다. 그녀를 엿보고 있다는 사실에 죄책감을 느낀 다구가 몸을 일으켰다. 여자가 헉 소리를 내며 놀라자, 그는 여자를 해칠 생각이 없다는 것을 이해시키고자 애쓰며 두 팔을 차분하게 펼쳐 보였다. 여자는 긴 속눈썹이 달린 눈으로 그를 올려다보더니 가까이 다가오라고 손짓했다.

여자는 아기를 품에 안고 얼렀고, 다구는 그녀의 눈길을 수줍은 시선으로 맞받았다. 그는 그녀 같은 여자는 한번도 본 적이 없었다. 머리카락은 무척 길고 반짝거렸고 피부는 태양에 그을어 가무잡잡했다. 사람을 다시 만난다는 건 기분 좋은 일이었다.

하지만 여자가 호기심 어린 눈길로 그를 줄곧 응시하자 점차 불편한 느낌이 들기 시작했다. 햇살이 너무 따가워 그가 몸에 걸친 것이라고는 허리에 두른 가죽 조각뿐이었다. 그는 길게 자란 머리카락을 단단히 잡아당겨 땋아 늘이고 있었다. 여자의 눈에 그의 모습이 얼마나 괴상하게 보이겠는가.

그를 줄곧 응시하면서 여자는 낯선 말로 질문을 했다. 거처에 가죽 지도를 두고 왔으므로 그는 모래 위에 지도를 그린 다음, 몸짓을 곁들여 멀고 먼 그의 고향을 그위친족의 말로 묘사했다. 그는 자신의 여행에 얼마나 많은 날들이 소요되었는지 이야기했다. 손가락으로 하늘을 가리키며 달을 그린 다음 지도상의 한 지점을 짚고, 이어 자신을 가리키는 식으로 지금 여기 오기까지 몇 달이 걸렸는지 알려주었다.

여자는 그의 이야기를 들으며 두 눈이 휘둥그레졌다. 더 많은 질문을 하고 싶어했지만, 그가 자기 말을 알아듣지 못한다는 것을 알았다. 출산을 하느라 약해져 있던 그녀는 다구에게 더 가까이 다가오라고 손짓한 다음 아기를 건네주고 바닥에 누워 잠이 들었다.

다구는 급작스럽게 갓난아이를 돌보게 되어 깜짝 놀랐다. 여자는 잠깐 깨서 아기에게 젖을 먹이고 다시 잠들었다. 이윽고 오후가 한참 지났을 무렵 여자가 흠칫 놀라며 긴 잠에서 깨어났다. 다구는 먹을거리를 구하러 간다고 몸짓으로 알려주고 아기를 여자의 품에 돌려주었다.

그곳을 떠난 다구는 자신의 여정을 계속하고 싶은 충동을 느꼈지만 내면의 무엇인가가 아기와 여자를 두고 떠나는 것을 허락하지 않았다. 그는 물고기를 잡고 거처로 돌아가 물건을 챙긴 후 여자에게 돌아왔다. 여자는 아기에게 젖을 먹이고 있었다.

다구는 여자가 지켜보는 가운데 나뭇가지로 지지대를 만들어 모닥불 위에 올려놓고 물고기를 구웠다. 두 이방인은 말없이 그것을 먹었다. 잠시 후 여자는 가까이 와서 바닥에 누워 자라고 손짓했다. 이후 며칠 동안 다구는 줄곧 먹을거리를 구해와 여자와 나누어 먹었다. 그가 돌아올 때마다 여자는 미소를 지어 보였다.

기운을 되찾자 여자는 다구를 위해 요리를 해주기 시작했다. 얼마 지나지 않아 다구는 여자가 식용 식물을 찾으러 간 동안 아기를 돌보게 되었다. 그의 이름을 발음할 줄 알게 된 여자는 억양은 조금 부자연스러웠지만 그를 "다구"라고 불렀다. 하지만 다구는 그녀의 원래 이름을 제대로 발음할 수 없었으므로 그에 친 말로 '햇빛'이라는 뜻의 '스리니아이'라고 불렀다.

그가 먹을거리를 구하러 나가지 않을 때나 여자가 아기에게 젖을 먹이느라 바쁘지 않을 때면 다구는 몸짓을 이용해 '햇빛'에게 그녀의 무리가 어디에 있는지 물었지만 그녀는 대답하려 들지 않았다. 그런 질문을 할 때마다 서글픈 표정

으로 눈길을 돌릴 뿐이었다

어느 날 '햇빛'이 돌아오기를 기다리면서 다구가 자리에 앉아 아기를 안고 아기에게 말을 걸자 아기가 옹알이를 하듯 대답했다. 다구가 알아들을 수 있는 말이었다.

그때 커다란 동물이 다가오는 소리가 들려왔다. 고개를 든 그는 '햇빛'이 마치 무스처럼 보이는 동물의 등에 우뚝 앉아 있는 모습을 보고 하마터면 안고 있던 아기를 떨어뜨릴 뻔했다.

한순간 다구는 몸을 돌려 도망치고 싶었지만 호기심 때문에 그대로 앉아 있었다. 동물은 큰소리로 힝힝거리며 두 앞발을 땅에서 들어올렸다. 다구는 '햇빛'이 동물의 등에서 떨어질 것이라고 예상했지만 그녀는 동물의 갈기를 꼭 잡고 그대로 앉아 있었다. 그녀가 괜찮다는 듯이 미소를 지어 보였다. 다구는 그녀가 동물을 통제할 수 있는 무녀임이 분명하다고 결론 내렸다. 그는 동물에게 다가갔다. 동물이 콧김을 내뿜자 그는 뒷걸음을 쳤다. 그러자 여자가 다구의 손을 잡더니 그 멋진 짐승을 어떻게 만지면 되는지 시범을 보여 주었다.

부드러운 갈색 털을 두 손으로 쓸면서 다구는 전율이 등줄기를 훑고 내려가는 것을 느꼈다. 그는 자기네 언어로 질문했고 여자는 그녀의 언어로 대답했다. 두 사람 모두 서로의 말을 이해하지 못했지만, 함께 신이 나서 어울릴 때면 그런 것은 중요하지 않았다.

그들은 함께 동물의 등에 올라타고 내륙을 돌아다닌 끝에 적당한 동굴을 발견해 집으로 삼았다. 그들은 함께 사슴과 작은 동물을 사냥했고 다구는 '햇빛'이 동물 가죽을 무두질하고 고기를 말리는 일을 도와주었다. 그는 자신이 이 여자와 함께 머물며 아기를 돌보는 것을 돕겠다고 작정한 적이 없다는 사실을 깨달았지만, 여전히 그곳을 떠나지 않았다.

한편 '햇빛'은 먼 곳에서 온 남자에게 모르는 것을 가르쳐주고 함께 사냥을 함으로써 그를 돕고 있다고 느꼈다. 다구가 거기서 무엇을 하고 있는지 완전히 이해할 수는 없었다. 아마도 길을 잃었거나 고향을 떠날 수밖에 없는 이유가 있었는지도 몰랐다. 그녀는 다구에게 동정심을 느꼈고 남자가 거기 머물며 아기를 돌보는 것을 돕도록 했다. 그들은 살아남기 위해 서로를 필요로 했다.

우연히 함께 지내게 된 이 두 사람은 시간이 지남에 따라 서로 가까워졌다. 여전히 손짓 이외에는 서로의 말을 이해하지 못했음에도 그들은 함께 무리 없이 사냥을 하고 먹을거리를 채집했다.

다구는 한가한 시간을 말 타는 법을 배우며 보냈다. '햇빛'은 참을성 있는 스승이었다. 어떻게 말 위에 오르고 내리는지, 어떻게 말을 앞으로 나아가게 하고 방향을 돌리는지 시범을 보여주었다. 다구는 말 위에 오르려 애쓰다가 수없이 굴러떨어졌다. '햇빛'은 얼굴을 환하게 밝히며 큰 웃음을 지었지만 그를 당혹스럽게 할까봐 소리 내어 웃지는 않았다.

점차 그 기술에 숙달한 다구는 말을 타고 야영지 주위를 천천히 달리는 방법을 배웠다. 매일 아침 일찍 일어나 좀더 잘해보겠다고 결심했다. 얼마 지나지 않아 그는 머리카락을 날리며 자유롭게 해변을 따라 달릴 수 있게 되었다. 그 짐승을 타면서 다구는 꿈꾸던 행복의 절정을 맛보았다.

하루하루가 순식간에 지나갔다. 그들이 알아채기도 전에 한 해가 가버렸다. 의사소통을 하는 데는 여전히 시간이 걸렸지만, 다구와 '햇빛'은 조금씩 서로의 언어를 이해하기 시작했다. 아기는 튼튼한 아이로 자라났다. 다구는 아이에게 '작은 남자'라는 뜻의 딘지 찰이라는 이름을 지어주었다. '햇빛'은 그녀 부족의 말로 된 이름을 다구가 발음하기 어려워

한다는 사실을 알고 자기 아들에게 그 이름을 붙이는 것을 받아들였다. 그녀가 가르쳐주는 단어들을 그는 제대로 발음하려 애썼지만 수없이 실패했던 것이다.

딘지 찰은 자라면서 두 언어를 모두 배워 그의 어머니와 다구 사이의 의사소통을 도와줄 수 있었다. 호기심 많은 소년 딘지 찰은 다구에게 멀리 떨어진 그의 고향 땅에 대해 많은 질문을 했다. 다구가 지난날 '해의 땅'을 떠올리려 애썼지만 그럴 수 없었듯이, 딘지 찰은 북쪽 먼 곳에 있다는 '눈의 땅'을 상상하기 어려웠다.

"얼음과 눈은 아주 차갑단다. 사람들은 몸을 따뜻하게 유지하기 위해 동물 가죽과 털로 된 옷을 입어야 하지. 가죽 조각 하나만 두르고 모카신을 신고 다니는 '해의 땅'과는 다르단다." 다구가 말했다.

'햇빛'은 아들이 다구와 함께 이야기하고 웃음을 터뜨리는 모습을 지켜보았다. 이제 그녀는 다구가 단순히 '해의 땅'을 발견하고 싶어서 그의 무리를 떠나왔다는 것을 알고 있었다. 그녀는 그가 묘사하는 고향, 혹독한 추위가 지배하는 땅을 상상할 수 없었다. 따뜻한 여름이 일 년에 석 달밖에 없는 곳에서 사람이 어떻게 살 수 있을까? 자신은 도저히 살 수 있을 것 같지 않았다.

　다구의 질문에 대한 답으로 '햇빛'은 그가 해안선을 따라 남쪽으로 걸어내려오면서 사람을 전혀 만날 수 없었던 이유를 설명해주었다. 몇 해 전 땅에서 발생한 어마어마한 진동 때문에 생긴 무시무시한 파도가 바다 근처에 있는 마을들을 황폐화시킨 것이다. 이 땅은 무척 아름답지만 살기에는 위험이 뒤따라서 많은 부족들이 땅이 진동하지 않는 내륙으로 이주했다고 했다.

　'햇빛'은 또한 남쪽으로 수킬로미터 떨어진 해안에 살고 있는 그녀의 무리에 대해서도 이야기했다. 그들은 강하고 무척 독립적인 부족으로 적이 많았다. 수세기에 걸쳐 강도 떼가 그들을 줄곧 위협했지만, 그녀의 무리는 결코 항복하지 않았다.

　그녀는 약탈자 무리가 어떻게 자신을 포로로 만들었는지, 그녀가 어떻게 때맞춰 그곳을 탈출해 아들을 낳았는지를 설명했다. 그녀는 자신의 부족에게로 영영 돌아갈 수 없었다. 왜냐하면 그들은 적의 핏줄이라는 이유로 그녀의 아이를 죽이려 들 것이기 때문이었다. 그녀는 딘지 찰을 잃고는 살 수 없었다.

한때 결코 가정을 갖지 않겠다고 맹세했지만 이제 다구는 가정 없이 산다는 것을 상상할 수가 없었다. 그는 한번도 경험해본 적이 없는 행복을 느꼈다. 강도떼에게 납치당했을 때 '햇빛'은 어린 나이였고, 그들에게 거친 취급을 당하고 깊은 상처를 입어 남자를 못 믿게 되었다. 하지만 시간은 그런 상처를 치료해주었고, 그녀는 점차 다구를 좋아하게 되었다. 그는 '햇빛'의 아들에게 자신이 마치 친아버지라도 되는 것처럼 말 타는 법과 고기 잡는 법을 가르쳐주었다. 매일 밤 아이가 만족해서 잠이 들 때까지 '눈의 땅'에 대한 전설과 이야기를 들려주었다.

딘지 찰이 성장함에 따라 다구와 '햇빛'은 점점 더 가까워졌다. 어느 날 밤 그들은 서로에 대한 사랑을 단순하게 그리고 차분히 몸으로 확인했다.

몇 달 후 '햇빛'은 다구에게 임신 소식을 알렸다. 그녀의 몸은 튼튼했지만, 다구와 딘지 찰은 그녀가 지나치게 피로해지지 않도록 세심하게 지켜보았다. 아기를 낳을 때가 되자 '햇빛'은 혼자 나가야 한다고 말했다. 다구가 반대했지만 그녀는 모든 여자들이 그렇게 한다고 그를 안심시켰다. 그럼에도 불구하고 그녀가 나가고 나서 다구와 딘지 찰은 줄곧 걱정하지 않을 수 없었다.

딘지 찰이 잠이 들고 한참 후 늦은 밤 '햇빛'이 품에 뭔가를 안고 야영지로 천천히 걸어 돌아왔다. 다구는 그녀를 향해 달려갔다. 무릎이 후들거렸다. 그녀는 미소를 지어 보이며 품에 안고 있던 것을 내밀었다. 그는 안을 들여다보았다. 거기서 자신의 아들을, 조그만 손가락을 꼼지락거리며 빨고 있는 작고 발그레한 생명체를 보았다. 서늘한 기운이 다구의 등줄기를 훑고 지나갔다. 그는 작은 아이에게 무어라 표현할 수 없는 애정을 느꼈다.

'햇빛'과 다구는 그 아기에게 다구 아버지의 이름을 따서 치진 찰이라는 이름을 붙였다. 딘지 찰은 자신이 형이 되었다는 사실을 몹시 자랑스러워하며 아기를 돌보고 가르치는 것을 도왔다.

이후 몇 년간은 다구에게 행복한 시간이었다. 다구는 그의 일가가 커져가는 것을 지켜보았다. '햇빛'은 아들을 하나 더 낳았고 이어 딸을 낳았다. 많은 식구를 먹여 살리기 위해 다구는 그 땅의 방식을 열심히 배웠고 멀리까지 가서 먹을거리를 구해왔다.

어느 날 멀리 사냥을 나온 다구는 말의 발자국과 비슷한 동물의 발자국을 발견했다. 그는 그 흔적을 따라가 모닥불 냄새가 나는 곳에 이르렀다. 그는 말을 묶어놓고 살금살금 걸어서 그 야영지 쪽으로 가서 덤불 뒤에 숨었다. 머리카락과 피부는 자기처럼 가무잡잡하지만, 정교하게 짜인 옷감으로 만든 옷을 입고 모카신이 아닌 다른 신발을 신고 있는 사람들이 보였다.

다구는 서둘러 야영지로 돌아와 '햇빛'에게 자신이 본 것을 이야기했다. 그녀의 얼굴에 공포에 질린 표정이 지나갔다. "우리는 당장 이곳을 떠나야 해! 그 사람들이 우리를 발견하면 죽일 거야." 그녀가 말했다.

그날 그들은 해변에 더 가까운 곳으로 이주했고, 다구는 그들이 안전하기를 바랐다. 해변을 따라 그는 아들들에게 물고기를 잡는 법과 조개 줍는 법을 가르쳤다. 하지만 그로부터 얼마 후 딘지 찰이 열 살이 되었을 때 다구는 또다시 낯선 사람들을 보았다. 그는 산 너머로 가서 가족이 이주할 만한 곳을 둘러보았고 마침내 먹을거리가 풍부한 외딴 지역을 찾아냈다. 하지만 집으로 돌아오던 그는 몸을 부르르 떨었다. 그의 집이 있는 곳에서 검은 연기가 피어나 맑은 하늘로 올라가고 있었던 것이다.

말에 박차를 가해 앞으로 내달리는 그의 마음은 두려움으로 가득찼다. 집에 도착하자 상상조차 할 수 없는 끔찍한 일이 벌어져 있었다. 그의 가족이 도륙되어 땅바닥에 흩어져 있었던 것이다. 몇 시간 전까지 그토록 생기에 차 있던 '햇빛'은 나뭇가지 속에 내던져져 있었다. 불에 탄 그녀의 몸에서 연기가 피어올랐다. 칼로 살해된 아이들의 잘린 몸이 해변을 따라 흩어져 있었다.

다구는 불붙은 아내의 시신에서 나는 냄새 때문에 무릎을 꿇고 모래 위에 엎어지며 헛구역질을 했다. 다시 몸을 움직여 '햇빛'의 시신을 만지려 했지만 시신은 여전히 타고 있었다. 주위를 둘러본 다구는 남쪽을 향해 나 있는 수많은 말 발자국을 보았다. 그는 격렬한 분노에 휩싸였다. 그 비겁한 놈들을 찾아내 가족의 복수를 하고야 말리라.

사지가 마비된 듯이 멍한 상태로 나무를 모아 크게 모닥불을 피워 사랑하는 이들의 시신을 화장하는 동안에도 다구의 슬픔은 조금도 가라앉지 않았다. 이윽고 그는 땅바닥에 앉아 울었다.

가족의 죽음을 슬퍼하던 다구는 지난날 새소녀의 세 오빠가 여동생의 물건을 발견했을 때를 떠올렸다. 그녀가 납치당했다는 것을 알고 그들이 얼마나 절망했을지 이제 실감할 수 있었다. 다구는 가족을 죽인 그 비겁자들에게 자신이 죽임을 당한다 해도 상관하지 않겠다고 결심했다. 가족 없는 그의 삶은 아무 의미가 없었다.

슬픔을 억누르고 그는 말의 발자국을 따라갔다. 이윽고 날이 어두워지자 걸음을 멈추고 해가 뜨기를 기다렸다. 바람이 불어 대기가 온통 모래로 가득차더니 낮이 되어도 시야가 트이지 않았다. 모래폭풍은 여러 날 계속되었다. 모래폭풍이 지나가자 모래 위의 발자국들은 사라지고 없었다. 다구는 그의 가족을 죽인 자들을 영영 찾을 수 없을까봐 두려웠다.

어떻게 해야 할까 생각하며 서 있던 그의 귀에 사람들의 목소리가 들려왔다. 숨을 곳을 찾기도 전에 그는 말을 타고 다가오는 사람들의 눈에 띄고 말았다. 그들은 그의 주위를 둥글게 둘러쌌다. 그때 한 사내가 대담하게도, 알아들을 수 없는 말로 다구에게 말을 걸었다. 그들이 자기 가족을 죽인 자들이 아닐까 생각한 다구는 싸울 준비를 하고 창을 들어올렸다. 사내들은 순간적으로 놀란 듯했지만 이윽고 소리 내어 웃기 시작했다. 갑자기 뭔가가 다구의 머리 위를 세차게 때렸다. 그는 눈앞이 캄캄해지고 말았다.

정신을 차린 다구는 자신이 바닥에 등을 대고 누워 있고 주위에는 아무도 없다는 것을 알았다. 몸을 움직일 수가 없었다. 땅에 깊숙이 박힌 말뚝에 손과 발이 생가죽으로 묶여 있었던 것이다. 그는 손과 팔을 빼보려고 무진 애를 썼지만 가죽 끈이 그의 손목을 파고들 뿐이었다. 머리가 고통으로 지끈거렸다.

 다구는 이 땅을 돌아다니면서 그들 앞에 놓인 것은 무엇이든 파괴해버리는 위험한 강도떼에 대해 '햇빛'이 했던 경고를 좀더 귀담아듣지 않은 것을 후회했다. 이런 종류의 인간들을 경험한 적이 없었다. 그들은 사악했으며 무엇이든 가리지 않고 죽였다. 치콰이들조차 그들의 적들만 골라 죽이지 않았던가. 하지만 이들은 얼핏 보기에 장난으로 사람을 죽이는 듯했다. 다구가 그들에 대해 생각할 수 있는 것은 그저 그들이 언제 돌아와 자신을 죽일 것인가 하는 것뿐이었다.

 몇 시간이 며칠이 되었지만 아무도 올 기미가 없었다. 다구는 강도떼가 그를 굶주림과 갈증으로 죽도록 내버려두고 갔다는 사실을 받아들여야만 했다. 그토록 간절히 찾아다녔던 해가 이제 머리 위에서 사정없이 내리쪼이고 있었다.

 몽롱한 정신으로 다구는 커다란 새들이 공중을 맴도는 것을 보았다. 정확히 무슨 새들인지는 알 수 없었지만 추운 북쪽 땅의 포식자 새들과 비슷했다. 그는 오래 지나지 않아 새들이 자신의 살을 쪼아 먹으리라는 것을 알았다. 강도떼는 그에게 느리고 고통스러운 죽음을 마련해두었던 것이다.

착란 상태에 빠져들자 수많은 환영이 다구의 마음속을 스치고 지나갔다. '햇빛'이 미소를 지으면서 그를 지나쳐 달려가고 있었다. 그는 묶인 손과 발에 힘을 주어 허우적거리며 '햇빛'을 쫓아가려 했지만 그녀는 그를 피해 달아났다. 그의 아이들이 근처에서 놀면서 웃음을 터뜨리고 그를 불렀다. 하지만 나쁜 사람들이 있으니 이곳을 떠나라고 외치는 그의 말을 듣지 못하는 듯했다. 아버지가 말없이 그를 바라보았고 어머니가 울고 있었다. 그러더니 세 오빠의 잃어버린 여동생 새소녀가 나타났다. 그녀가 죽은 아이들을 위해 울었다.

다구는 이따금 정신이 들 때마다 아무것도 변하지 않았음을 확인했다. 다만 이제는 새들이 좀더 그의 가까이로 다가와 앉아 있었다. 그는 새들에게 그가 아직 살아 있음을 보여주려 했지만 몸을 움직일 수가 없었다. 그는 소리를 지르려 했지만 혀가 바짝 말라 움직여지지 않았고 부어오른 목은 고통으로 타들어가는 듯했다. 기진맥진한 그는, 더더욱 감각이 없는 꿈속으로 또다시 빠져들어갔다.

그때 그의 귀에 누군가 화를 내며 외치는 소리가 들려왔다. 한 노인이 새들에게 소리를 지르고 있었다. 그러자 새들은 괴성을 지르며 요란하게 깍깍거렸다. 다구는 정신을 집중해서 노인을 바라보려 했지만 시야가 흐려지면서 의식을 잃고 말았다.

15장

복수

새소녀가 아들을 낳은 지 10년이 지났다. 투라크는 아이에게 카누크라는 치콰이식 이름을 지어주고 아크파와 함께 길렀다. 그동안 아크파는 단 한번도 새소녀의 눈을 똑바로 바라보지 않았다. 두 사람이 만나면 눈길을 내리깔고 다른 곳으로 몸을 피했다. 그위친 여자를 피하고 싶었던 것이다.

하지만 투라크는 자신이 그녀의 존재를 잊지 않았다는 사실을 새소녀에게 환기시켰다. 그는 사소한 행동으로 그녀를 모욕했다. 때때로 그녀가 뭔가를 먹고 있으면 음식을 낚아채 개에게 던져주었다. 새소녀가 무거운 짐을 지고 가면 발을 걸었다. 그녀가 넘어지는 것을 보고 다른 치콰이들이 웃음을 터뜨렸다. 하지만 새소녀는 결코 맞서 싸우지 않고 단 한마디도 하지 않았다. 그저 투라크의 눈에 띄지 않으려 애썼다.

여전히 우크피크의 거처에서 살면서 새소녀는 늙은 여자를 위해, 그리고 자신이 가까이 다가가는 걸 허락해주는 몇몇 여자들을 위해 일했다. 새소녀는, 자신과 어울려주는 유일한 사람인 그 바쁜 노파와 함께 지내면서 공허한 몸과 마음을 달래줄 일이라면 무엇이든 찾아 하면서 시간을 메우려 애썼다. 하지만 계절이 더디게 바뀌는 동안, 자기 아들을 다른 여자가 기르는 모습을 보면서 비통과 질투를 느낄 수밖에 없었다.

카누크는 그위친 어머니의 피에 흐르는 강인함과 치콰이족 아버지의 반짝이는 검은 머리카락을 가진 튼튼한 소년으로 자라났다. 잘생긴 얼굴의 소년은 두 뺨이 장밋빛이었고 갈색 피부에서 윤기가 돌았다. 툰드라지대를 달려가거나 다른 아이들과 용감하게 몸싸움을 하는 소년을 걸음을 멈추고 바라보면서 새소녀는 자신이 어릴 때 얼마나 튼튼하고 자유로웠는지를 떠올렸다.

그녀의 아들은 그녀가 그곳을 탈출할 수 없었던 이유였

다. 여러 해 동안 자신이 진짜 엄마라고 아이에게 말할 날이 오기를 꿈꾸었다. 어느 날 오후 그녀가 노는 아이를 지켜보고 있을 때, 카누크가 그녀의 눈길을 의식하고 동작을 멈추었다. 새소녀는 심장박동이 빨라지는 것을 느꼈다. 하지만 소년은 고개를 돌리고 다른 쪽으로 달려가버렸다. 그녀의 간절한 눈빛 때문에 아이가 놀랐던 것이다.

얼마 후 새소녀는 소년이 보이던 놀란 듯한 반응이 경멸과 혐오로 바뀐 것을 보았다. 그제야 투라크와 다른 치콰이들이 그애에게 그녀를 증오하라고 가르친다는 것을 알았다. 친구들과 놀 때면 카누크는 그들과 함께 그녀를 놀리고 돌을 던졌다. 그녀가 고개를 돌려 바라보면 아이들은 큰 소리로 웃음을 터뜨리며 달아났다.

소년은 건강하고 튼튼하게 성장하면서 점차 다른 치콰이 아이들과 다를 바 없어져서 그녀를 아는 척하지도, 그녀의 존재에 신경을 쓰지도 않았다. 아이는 투라크가 그런 것처럼 그녀를 다른 부족 사람으로 여겼다. 마침내 새소녀는 더 이상 슬퍼하지 않고 그녀의 아들이 이 무리의 호의 속에서 잘 지내고 있는 것을 다행이라고 생각하려 애썼다.

치콰이들과 오랜 세월을 보내면서 새소녀는 그들의 생활

방식에 대해 많은 것을 알게 되었다. 짧은 여름 두어 달 동안 그들은 사냥을 하고 물고기를 말리고 식물과 딸기류 열매를 따고 커다란 지하 저장고에 모든 먹거리를 저장했다. 가을에는 야영지를 산악지대 가까운 곳으로 옮겨서 순록을 사냥했다. 긴 겨울 동안 남자들은 해빙을 따라다니며 물개와 북극곰과 바다코끼리를 사냥했다. 그리고 봄이면 배를 저어 바다로 나가 고래를 잡았다.

매년 사냥꾼들이 잡은 고래를 갖고 돌아오면 큰 잔치가 벌어졌다. 근처 수킬로미터 내에 사는 치콰이들이 와서 고래 고기를 자르는 것을 도왔다. 일주일 이상이 걸리는 힘든 일이었다. 모두 활기를 띠고 남자들과 여자들이 한데 모여 일했다. 어른들은 고기를 잘랐고, 아이들은 기름이 붙은 고래 껍데기인 무크투크를 씹느라 바빴다. 여자들은 엄청난 양의 음식을 만들어 식사를 대접했다. 모두가 행복하게 바삐 움직이는 그런 때에는 새소녀조차 기분이 좋아졌다. 고래 고기를 자르고 갈무리하는 것을 도우면서 아주 잠시 동안이지만 치콰이들에게 받아들여지는 느낌을 받았던 것이다.

힘든 일이 끝나면 치콰이들은 춤추고 노래하고 놀이를 하고 서로의 이야기에 웃음을 터뜨리며 그 시간을 즐겼다. 새소녀는 그런 그들을 차분히 지켜보았다. 때로는 뒤에 물러나 앉아 지난날 그녀의 무리와 함께했던 축제를 떠올렸다. 하지만 과거를 곱씹는 일은 허락하지 않았다. 왜냐하면 추억에 잠기면 종종 눈물이 솟구칠 것 같았던 것이다. 그녀는 다시는 자기 무리로 돌아갈 수 없으리라고 생각했다. 그들은 그녀를 받아주지 않으리라.

치콰이들의 놀이 중에서 새소녀가 가장 즐겁게 지켜본 것은 담요높이뛰기였다. 그녀의 무리처럼 치콰이들도 놀이를 하면서 사냥에 필요한 기술을 단련했다. 담요높이뛰기는 일사불란하게 협동하는 훈련을 하도록 해주었다. 바다코끼리 가죽을 정교하게 바느질해서 이어 만든 넓은 담요의 귀퉁이를 힘센 사냥꾼들이 단단히 움켜쥐고 팽팽하게 잡아당겼다. 그런 다음 동작이 민첩한 남자가 담요 위로 올라가 가운데에 균형을 잡고 섰다. 담요를 쥔 사람들은 하나가 되어 동시에 그를 공중으로 튕겨 올렸다. 위로 솟아오른 사람은 멀리 떨어진 수평선까지 볼 수 있었다. 내려오면서 두 발로 단단히 담요를 차냈는데 다시 더 높이 튕겨져 오르기 위해서였다. 인기가 많은 뜀꾼이 공중으로 높이 솟아오르는 것을 바라보면서 구경꾼들 사이에서는 잘한다는 함성이 터져나왔다. 새소녀는 그 모습에 감탄했다. 그녀는 흥분의 함성이 터져나오려는 것을 종종 억제해야 했다.

그녀는 또한 그들의 춤에도 매혹되었다. 남자들이 함께 모여서, 동물 가죽을 팽팽하게 늘여 테에 끼워 만든 북을 쳤다. 고른 리듬으로 북을 두드리며 큰 소리로 노래를 불렀다. 북소리가 계속해서 울리는 가운데 남자들이 하나가 되어 완벽한 스텝으로 춤을 추는 모습을 보며 새소녀는 등줄기에 전율이 지나가는 것을 느꼈다. 치콰이들이 사냥 이야기를 춤으로 표현하는 모습을 지켜보면서 그때만큼은 그들이 뛰어나다는 사실을 인정했다.

하지만 새소녀가 치콰이족을 극도로 증오하게 된 것은 이런 멋진 축제 동안 일어난 일 때문이었다. 그녀의 아들이 태어난 지 10년이 지났을 때였다. 축제가 한창일 때 남자들이 공을 하나 꺼내와 이리저리 발로 차기 시작했다. 여자들과 아이들은 그런 남자들의 공놀이를 신이 나서 응원했다. 처음에 그것은 보통의 공차기 놀이 같았다. 하지만 새소녀는 뭔가 잘못되었다는 느낌이 들었다. 굴러온 공을 내려다본 그녀는 무시무시한 공포에 사로잡혔다. 그들이 공 삼아 차고 있는 것은 사람의 머리였던 것이다.

깜짝 놀라 몸을 부르르 떨며 눈길을 들어 올린 새소녀는 몇몇 사람들이 뭔가 기대하는 표정으로 자신을 지켜보고 있는 것을 보았다. 남자들 가운데에 우뚝 서 있던 키 큰 투라크가 조롱의 쾌감에 젖어 입술을 비죽거리며 그녀를 쏘아보고 있었다. 사람의 머리가 남자들의 발길에 채여 아까보다 더 가깝게 굴러왔다. 새소녀는 잘린 머리에서 큰오빠의 얼굴을 확인할 수 있었다.

새소녀는 온몸의 힘을 그러모아 터져나오려는 분노와 절망의 비명을 가까스로 억제했다. 자신이 느끼고 있는 감정 중 어느 것 하나도 결코 얼굴에 드러내고 싶지 않았다. 공놀이를 하던 남자 하나가 달려와 놀이판 한가운데를 향해 사람 머리를 발로 찼다. 놀이가 다시 이어졌다.

새소녀가 가까스로 자신을 추슬렀을 때, 치콰이족 남자들이 놀이판 안으로 또 하나의 사람 머리를 차 넣었다. 머리의 주인은 새소녀의 둘째 오빠였다. 이번에 그녀는 하마터면 울음을 터뜨릴 뻔했다. 하지만 고집스럽게 스스로를 타일렀다. "내가 우는 걸 결코 저들에게 보일 순 없어!" 그들이 셋째 오빠의 머리를 발로 차 놀이판 안으로 넣었을 때도 그녀는 자신과 싸우며 비통함을 겉으로 드러내지 않았다.

오빠들이 그녀가 납치당했다는 사실을 어떻게 알았는지는 궁금하지 않았다. 어떻게 알았든 간에 오빠들은 그녀를 구하러 왔고, 치콰이족에게 죽임을 당했다. 그녀는 가슴이 찢어지는 것 같았다. 미처 억제하지 못한 한줄기 눈물이 뺨을 타고 흘러내렸다.

"왜 우는 거지?" 한 치콰이족 여자가 음흉스럽게 물었다.

새소녀는 온몸의 힘을 다 짜내어 최대한 대수롭지 않다는 듯이 대답했다. "모닥불 연기가 눈에 들어갔나봐요." 그 여자와 그 옆에 있던 또다른 치콰이족 하나가 씩 하고 웃었다.

세 오빠의 잘린 머리들이 치콰이 사내들의 발에 이리저리 차이는 것을 지켜보면서 새소녀는 자기 안에서 뭔가가 툭 하고 끊어지는 것을 느꼈다. 오랜 세월 동안 그렇게 고통을 당하면서도 언제나 희망 한 조각을 갖고 있었다. 그런데 이제 남아 있던 조각이 두 동강 나고 만 것이다. 그녀는 자신 안에서 무시무시한 힘이 치밀어 오르는 것을 생생하게 느낄 수 있었다.

해가 기울었다. 치콰이들이 공놀이에 흥미를 잃고 하나둘씩 흩어지기 시작했다. 하지만 새소녀는 움직이지 않고 불꽃이 사그라드는 모닥불가에 조용히 앉아 있었다.

그녀의 머릿속에 치콰이들이 저지른 온갖 악행이 떠올랐다. 그들은 그녀를 납치하고 강간하고 때리고 모욕했다. 하지만 그런 짓들은 모두 용서할 수 있었다. 왜냐하면 상대 부족에게 노예로 잡힌 경우 언제나 잔혹한 취급을 당해야 했기 때문이다. 그녀는 그런 점을 이해했다. 심지어 자신이 낳은 아이를 사랑할 기회조차 빼앗아버린 것도 용서할 수 있었다. 대신 그들이 그 아이를 사랑해주었으므로. 하지만 그녀의 오빠들을 죽인 다음 잘린 머리를 면전에서 대놓고 조롱한 것은 극도의 모욕이었다. 그런 짓을 저지른 자들을 용서하느니 차라리 죽음을 택하리라.

그날 저녁 축제가 끝난 후 그녀는 청소를 해야 했다. 피곤해진 사람들은 모두 각자의 거처로 가느라 그녀에게 신경을 쓰지 않았다. 사방이 조용해지자 새소녀는 마치 최면에라도 걸린 듯 야영지를 돌아다니며, 말리기 위해 시렁 위에 널어놓은 가죽옷과 털옷을 하나하나 걷었다. 그녀는 어떤 생각이 들어설 틈을 주지 않았다. 그저 증오가 솟구쳐 흘러내리는 것을 느끼며, 그 증오 속에 빠진 채 한집 한집 옮겨다니며 집 꼭대기에 있는 공기구멍을 옷가지로 틀어막았다.

그녀는 거의 의식조차 못한 채 우크피크의 집을 그대로

지나처, 아크파와 카누크와 투라크가 깊은 잠에 빠져 있는 집으로 향했다. 그토록 오랜 세월 동안 억눌러온 분노가 터져나오는 것을 느끼며, 투라크의 거처 안에 공기와 빛을 들여보내주는 구멍들을 남은 옷가지로 막았다.

    일을 마치자 새소녀는 우크피크의 거처로 돌아와 조용히 안으로 들어갔다. 그녀는 잠자리에 누워 있는 그 늙은 여자를 잠시 내려다보았다. 고른 숨소리를 내며 자고 있는 노파는 창백하고 연약해 보였다. 새소녀는 자신의 잠자리로 가서는, 아주 오래전에 탈출을 꿈꾸며 남모르게 꾸려서 감춰둔 가죽 주머니를 꺼냈다. 가방을 어깨에 메고 집을 나와 한 걸음 한 걸음 치콰이족의 야영지를 벗어났다. 그녀는 뒤를 돌아보지 않았다. 대신에 먼 산 저편에서 그녀를 기다리고 있는 것을 기억해내려 애썼다.

16장

집으로 돌아가는 먼 여정

 정신을 차린 다구는 자신이 어떤 동굴 안에 누워 있다는 것을 알았다. 몸이 뻣뻣하고 얼얼했다. 그는 누가 자신을 구해주었는지 기억해내려 애썼다. 그게 누구든 지금 근처에 있는 것이 분명했다. 왜냐하면 모닥불 위에서 고기가 구워지고 있었던 것이다. 하지만 주위에는 아무도 보이지 않았다. 다구는 모닥불로 기어가 고기를 조금 씹어 먹었다. 그런 다음 기운을 잃고 동굴 바닥에 쓰러졌다.

 그날 저녁 다구가 자고 있는 동안 노인이 돌아왔다. 노인은 모닥불의 불씨를 살려 구워놓은 고기를 데워 먹었다. 다구를 물끄러미 바라보며 노인은 그가 누구인지 어떤 부족 사람인지 궁금해했다. 노인은 이 젊은 손님이 잠에서 깨어났을 때 난폭하게 행동하지 않기를 바랐다. 그는 한평생 많은 고통을 겪었다. 강도떼가 그의 무리를 끊임없이 위협했던 것이다. 이제 노인이 된 그가 바라는 것은 오직 평화뿐이었다.

그날 밤 늦게 잠에서 깬 다구는 잠들어 있는 노인을 보았다. 다구는, 모닥불의 잉걸불에 비친, 자신을 구해준 사람의 풍상에 시달린 얼굴을 물끄러미 응시했다. 그때 노인이 흠칫 놀라며 두 눈을 떴다.

"이제 깨어났군요." 노인이 '햇빛'이 쓰던 언어로 말했다. "난 정말이지 당신이 저세상으로 갈 줄 알았다오."

"제 이름은 다구입니다." 그가 같은 언어로 대답했다.

노인이 깜짝 놀라 눈을 휘둥그레 떴다. "당신은 우리 부족 사람이오?" 그가 물었다.

"저는 아주 먼 곳에서 왔습니다. 제 아내가 어르신 부족이었지요." 다구가 대답했다. 일어나 앉으려고 애쓰는 그의 얼굴 전체에 고통스러운 표정이 떠올랐다. 그는 어려운 단어들을 제대로 발음하려 애쓰며 천천히 자신의 이야기를 했다.

"아내는 여러 해 전 강도떼에게 납치되었다더군요. 그들에게서 탈출해 아들을 낳았지요. 하지만 무리에서 아이를 받아들여주지 않을까 두려워 돌아가지 않았습니다. 저는 그녀와 함께 지냈고 우리는 아이들을 낳았지요. 하지만 그들 모두 강도떼에게 살해당하고 말았습니다."

노인은 다구의 이야기를 들으며 서글픈 표정을 지었다. "내가 아는 여자라오. 그들에게 납치되었을 때는 아직 어린 소녀였다오. 우리는 사방을 살폈지만 그애를 찾아낼 수 없었소. 그애가 당신과 함께 행복한 시간을 보냈다니 기쁘군요. 그녀의 가족에게 이야기하리다. 그러면 그들도 마침내 그녀의 명복을 빌 수 있을 거요."

이후 며칠에 걸쳐서 다구는 점차 기운을 회복했다. 그의 얼굴과 손에는 새들이 살을 파먹으면서 생긴 깊은 상처가 나 있었지만, 노인은 약초를 찧어 만든 연고를 발라 통증을 덜어주었고 상처를 쉽게 아물게 했다.

하지만 또다른 상처는 그렇게 쉽게 낫지 않았다. 쓰라린 기억이 여전히 다구를 괴롭혔다. 그는 자신의 슬픔에 대해 노인과 이야기를 나누었다.

"이제 뭘 할 거요?" 어느 날 모닥불 위에 물고기를 걸어 말리는 모습을 지켜보던 다구에게 노인이 물었다.

다구의 마음에 복수심이 차올랐다. "그들을 죽이고 말 겁니다." 그가 고집스럽게 말했다.

   노인은 오랫동안 다구를 바라보았다. "당신 가족의 복수를 하는 것은 소용없는 일이오. 당신 가족은 이제 그들의 손이 미치지 않는 저세상에 가 있소. 만약 당신이 다시 그놈들을 쫓아간다면, 이번에야말로 그들은 당신을 죽이고 말 거요." 그가 말했다.

   다구는 대답하지 않았다.

   "당신 무리가 있는 고향으로 돌아가시오." 노인이 간곡히 말했다. "당신은 해의 땅을 찾아냈고 행복을 경험했지만 이제 빈손이오. 이제 다시 돌아가 다시 자신을 채워야 하오. 당신을 사랑하는 이들에게 돌아가시오. 당신 어머니는 틀림없이 당신을 기다리고 계실 거요."

   여전히 다구는 아무 대답도 하지 않았다. 노인은 그 이상으로 그를 몰아붙이려 하지 않았다. 왜냐하면 그가 스스로 결정을 내리리라는 사실을 알고 있었던 것이다. 혼자 사냥하는 일이 점점 힘에 부쳐서 자기 무리에게 돌아가기로 한 노인은 다구에게 같이 가지 않겠느냐고 제안했다. 다구는 거절했다.

   "난 당신이 복수하겠다는 어리석은 욕망을 포기했으면

하오. 당신은 좋은 사람이오. 우리 무리에 들어오든가, 아니면 당신이 왔던 곳으로 돌아가시오. 나쁜 기억이 당신을 파괴하도록 내버려두지 마시오." 노인이 말했다.

"저도 떠나겠습니다." 다구가 막연하게 말했다. 무엇을 할지 결정하기 위해 혼자 있을 시간이 필요했다.

얼마 전 노인은 '햇빛'이 타고 다니던 말을 찾아냈고, 거기에 짐승의 고기를 실어 다구에게 돌려주었다. 친구에게 작별을 고하고 다구는 몸을 돌려 북쪽으로 향했다. 왔던 길을 되짚어 가족을 화장한 장소에 마지막으로 들렀다. 그런 다음 계속 나아가겠다는 용기가 꺾이기 전에 고향 땅을 향해 길을 떠났다.

다구가 북쪽을 향해 말을 달린 지 몇 주, 이어 몇 달이 지났다. 날씨가 추워지기 시작할 무렵, 그는 산악지대로 접어들었다. 어느 날 아침, 말은 돌을 밟고 미끄러져 다구를 태운 채 바위투성이의 산비탈로 굴러떨어지고 말았다. 다구는 중간에 산비탈에서 자라는 버드나무를 움켜쥐었지만 말은 그대로 산 아래까지 굴러떨어졌다. 다구는 천천히 말이 나동그라져 있는 아래쪽으로 내려가보았다. 말의 다리 두 개가 부러져 있었다.

다구는 서글픈 눈길로 말을 바라보았다. '햇빛'이 타는 법을 가르쳐준 바로 그 말이었다. 말을 죽이는 행위는 그녀의 마지막 흔적을 두고 가는 것을 의미할 터였다. 하지만 말이 무척 고통스러워하는 모습이 보였다. 그는 칼을 꺼내 목의 동맥을 단번에 잘라 고통을 멈춰주었다.

말을 잃은 것이 슬펐지만 다구는 여정을 계속할 수밖에 없었다. 몇 달을 걸어 한 무리의 사람들을 만났다. 전에 노래와 음식을 자신과 주고받았던 자존심 강한 부족인 틀링기트족이었다.

다구는 그들에게 다가가야 할지 어떨지 확신할 수 없어 주저했다. 그들이 그를 기억할까? 무기를 든 남자들이 이미 그를 둘러싸고 있었다. 다구는 항복의 뜻으로 가죽 지도를 손에 쥔 채 두 팔을 들어올렸다. 남자들 중 하나가 다른 사람들에게 무어라 말하자 그들은 미소를 지었다. 그들은 해를 따라 남쪽으로 간 여행자 다구를 기억하고 있었다.

남자들은 그를 마을로 데려갔고, 새 수장은 그를 오랜 친구처럼 반갑게 맞아주었다. 많은 틀링기트들이 다구를 집으로 초대해 음식을 함께 나누며 그의 이야기를 듣고 싶어했다. 다구는 여전히 틀링기트족의 말을 이해할 수 없었지만,

손짓과 그위친 말로 자신에게 일어났던 모든 일을 이야기할 수 있었다. 그는 그들에게 말을 탄 이야기, 광막한 대양을 바라본 이야기, 햇빛에 달구어진 뜨거운 모래가 깔린 해변을 걸은 이야기를 들려주었다. 사람들은 귀 기울여 들었고 그의 모험에 매혹되었다.

그들과 함께 머무는 동안 다구는 사슴을 사냥해 가죽을 무두질해서 따뜻한 옷을 만들었다. 겨울이 다가오고 있었지만 여행을 멈출 수 없었다. 북쪽 길에 이를 때쯤에는 호수들이 단단하게 얼어서 걸어서 건널 수 있으리라고 예측했다. 다구는 그를 도와준 사람들에게 다시 한번 작별을 고했다. 다시는 만나지 못할 테지만, 그들은 그의 기억 속에 남아 있을 것이고, 그는 그들의 전설 속에 살아남을 터였다.

가을이 끝나갈 무렵 다구는 그위친족의 영역에 들어섰다. 좁은 산길을 따라 걸으며 사냥꾼을 만나지 않을까 기대했지만 아무도 눈에 띄지 않았다. 무스를 사냥한 그는 잠시 멈추고 고기를 말리고 거죽 일부를 무두질하고 나머지 거죽을 잘라 생가죽 끈을 만들어두었다. 나중에 그것으로 눈신발을 만들 생각이었다. 강물이 아직 얼지 않았으므로, 계속 걷는 대신 카누를 만들어 강을 타고 빠르게 이동해볼까 하는 생각을 했다. 하지만 익숙한 유콘강의 강둑을 따라 걷기로 했다. 가을빛이 황금빛에서 갈색으로 바뀌고 있었다. 다구는 머지않아 첫눈이 내리리라는 것을 알 수 있었다.

그는 계절이 바뀌는 것을 지켜보았다. 나무에서 잎이 떨어지기 시작하자마자 눈이 내렸다. 이어 혹독한 추위가 닥쳐 강 가장자리를 따라 얼음이 얼더니 그 면적이 점점 넓어지고 강도도 더 단단해졌다. 따뜻한 데 익숙해져 있던 몸이 추위에 아직 적응되지 않았지만 그는 추위에 지지 않겠다고 다짐했다. 시간이 지나면 이 땅에 다시 적응될 터였다. 그가 만든 눈신발은 그의 아버지가 과거에 만들었던 것만큼 튼튼하진 않았지만 그 신발 덕택에 그는 점점 높이 쌓이는 눈에 발을 빠트리지 않고 걸을 수 있었다.

마침내 다구는 그의 무리가 전통적으로 겨울에 사용하던 야영터 중 하나에 이르렀다. 그는 사람이 살았던 흔적을 알아볼 수 있었다. 문득 돌아온 것이 실수가 아니었을까 하는 생각이 들었다. 어머니가 아직 살아 계실까? 모두들 그를 잊은 건 아닐까? '해의 땅'에 머물러야 했던 건 아닐까? 그는 자신이 태어난 이 세계에서 이방인이 된 느낌이 들었다. 길고 긴 여정이 공허하게 여겨졌다. 가슴 아프게 죽어간 '햇빛'

과 아이들이 떠올라 여전히 괴로웠고, 이제 다시는 그에게 무엇도 진정으로 중요하지 않을 거라는 느낌이 들었다.

17장

재회

그위친족의 야영지로 다가가면서 다구는 오래전 어머니가 했던 말을 기억해냈다. "우리는 우리의 미래를 믿어야 해." 남편과 아들을 잃은 여자들 모두가 그녀의 말에 동의하지 않았던가. 그들은 믿음 없이는 나아갈 수 없음을 알았다.

"난 나의 미래를 믿어야 해." 다구는 이제 자신에게 말했다.

언제나 위험을 경계해온 그위친 무리는 야영지로 다가오는 그의 모습을 재빨리 포착했다. 힘센 남자들이 무리를 보호하듯 앞으로 나섰고 아이들과 여자들은 순록 가죽으로 만든 거처 안에서 고개를 내밀고 그를 바라보았다. 다구는 아는 얼굴을 찾아보았지만 발견할 수 없었다.

"거기 서시오!" 수장이 명령했다. 다구는 얼어붙은 듯 멈춰 섰다. "당신은 누구이고 여기 무슨 일로 왔소?"

"저는 다구라고 합니다." 그는 주저하는 어조로 말했다. 다시 부족 말을 쓰자니 느낌이 이상했다. "저는 이 땅에서 태어난 사람입니다. 아주 오래전에 '해의 땅'을 찾아 떠났지요."

그위친족 남자들이 따로 모여 함께 이 일을 의논했다. 이윽고 그들의 수장이 앞으로 나섰다. "내 집으로 가서 당신에 대한 이야기를 들려주시오." 그가 말했다.

다구가 그의 천막으로 걸음을 옮기자 그가 마치 다른 세상에서 온 이방인이기라도 한 것처럼 모든 사람들의 시선이 다구에게로 쏠렸다. 자리에 앉자 수장은 생선 수프 한 그릇을 내밀었다. 대부분의 그위친들이 방문객에 대한 예의로 내오는 것이었다. "그러니까 당신은 이 땅을 떠나 '해의 땅'으로 여행을 갔다는 겁니까?"

다구는 수프 그릇을 받아들며 고개를 끄덕였다. 수프를 마신 다음 다구는 침묵을 깨고 긴 여행 이야기를 들려주었다. 멀리 떨어진 부족들에 대해, 등에 사람을 태우고 다니는 힘센 동물에 대해, 1년 내내 햇빛이 비치는 눈이 없는 땅에 대해, 반대쪽 땅이 보이지 않는 드넓은 강에 대해 묘사하는 그의 말에 그들은 넋을 잃었다.

다구가 말을 마쳤을 때, 사람들은 그를 물끄러미 바라보았다. 그들의 지도자가 말했다. "우리는 당신에 관한 얘기를 들었소. 당신이 돌아오리라고는 아무도 믿지 않았소."

다구는 그들이 자신이 몸담았던 바로 그 무리인지 물었다.

"아니오, 우리는 그 무리가 아니오. 하지만 우리 무리 중 많은 사람들이 다른 여러 무리로부터 왔다오. 그건 왜 묻소?" 수장이 말했다.

"내가 여정을 떠날 때 그 무리 속에는 제 어머니가 계셨습니다. 어머니가 아직 살아 계신지 모르겠습니다." 다구가 말했다.

다구가 수장에게 어머니의 이름을 알려주었으나 그는 어머니를 기억하지 못했다. "당신이 아는 사람이 있는지 여기를 둘러보는 게 어떻소?" 그가 제안했다.

그날 밤 다구는 수장의 천막에서 자고 다음날 아침 무리의 나머지 사람들에게 자신을 소개했다. 그들은 친절하고 호기심 어린 태도로 다구와 이야기를 나누고 싶어했지만 다구는 그중 아는 사람을 찾아내지 못했다. 그가 떠나온 무리에 대해 이야기해줄 수 있는 사람은 아무도 없었다.

그들이 다구의 무리가 아닌 것은 분명했지만 바스디크라는 이름의 지도자는 겨울 동안 자신의 무리와 함께 머무는 게 어떻겠냐고 제안했다. 추운 날씨가 곧 닥칠 것이고 혼자서 살아남기는 어려운 일이기에 다구는 제안을 고맙게 받아들였다. 그는 혹독한 고향 땅에서 살아남는 방법을 다시 배우고 거의 잊었던 기술을 다시 떠올리면서 겨울을 보냈다. 여러 차례 다구는, 물고기와 조개를 주워 어려움 없이 살아갈 수 있었던 '해의 땅'을 그리운 마음으로 떠올렸다. 이제 그는 사냥할 짐승을 찾아 멀리까지 나가야 했다.

매일 밤 식사를 하고 나서 사람들은 다구에게 '해의 땅'에서 어떻게 살았는지 물었다. 그들은 모래에 대해, 따뜻한 태양에 대해, 그 여자와 아이들에 대해, 강도떼에 대해, 말에 대해 듣고 또 듣고 싶어했다. 힘세고 우아한 짐승을 타고 멀리까지 달리는 자신들의 모습을 상상하며 즐거워했다.

자신의 이야기를 사람들과 공유하면서, 특히 '햇빛'과 아이들에 대한 이야기를 하면서 다구의 마음은 천천히 치유되었다. 다른 사람들이 들려준 이야기에 때로는 진심으로 웃음을 터뜨리기도 했다.

바스디크는 무리에 그를 받아들였다는 사실에 기뻐했다. 왜냐하면 다구는 훌륭한 사냥꾼이었던 것이다. 어떤 때는 한 쌍의 가문비뇌조를 잡아오고, 또 어떤 때는 토끼를 두어 마리 잡아오기도 했다. 혼자 떠돌아다니는 사람을 무리에 받아들이는 것은 대개 결과가 좋지 않았다. 왜냐하면 떠돌이들은 대부분 게을렀기 때문이었다. 그들은 바로 그런 이유에서 원래 무리에게서 쫓겨난 이들이었다. 하지만 다구는 열심히 일했고 야영지의 모든 사람들의 존경을 받았다.

어느 날 바스디크의 집에 있던 다구는 수장의 아내가 아들 중 하나에게 강 아래로 내려가 미친 여자에게 동물의 털을 무두질하게 하라는 말을 들었다.

"미친 여자라는 사람이 누구입니까?" 다구가 물었다.

"치콰이들과 살았던 여자예요." 수장의 아내가 수줍어하며 대답했다.

다구는 흥분해서 벌떡 일어섰다. "그 여자 이름이 어떻게 됩니까?" 그가 물었다.

수장과 그의 아내 둘 다 어깨를 으쓱였다.

"모두들 그녀를 '미친 여자'라고 부른다오. 그 여자가 우리 무리에 온 것은 몇 년 전이오. 한 늙은 부부가 덤불 뒤에서 그들을 엿보던 여자를 발견했소. 여자는 새소리를 감쪽같이 내서 그들의 관심을 끌었소. 호기심을 느낀 부부는 그녀를 달래 은신처에서 데리고 나왔소. 그녀가 살아온 이야기를 듣고 측은함을 느껴 다른 사람들에게 알리지 않고 그들의 거처에서 살게 해주었다오.

당시 우리 무리의 수장이었던 아버지께서 노인들과 함께 살고 있는 낯선 여자에 대해 아이들이 하는 말을 들으셨소. 아버지는 그들의 천막으로 가 여자를 발견하고 설득해 지난 이야기를 털어놓게 했소."

"그 여자에게 무슨 일이 있었던 겁니까?" 다구가 물었다.

"그녀는 치콰이들에게 납치당해서 오랜 세월 동안 노예로 살았다고 하오. 오빠들이 그녀를 구하기 위해 그곳에 갔지만 치콰이들은 그들을 모두 죽였소. 그에 대한 복수로 여자는 그들이 사는 집의 공기구멍을 막아 치콰이 무리 모두를 연기로 질식시켜 죽였다고 하오." 바스디크가 대답했다.

그는 말을 계속했다. "자신이 살아온 이야기를 한 후 여자는 부모가 살아 있을 거라고 믿고 찾으러 떠났소. 여러 주 동안 떠나 있다가 돌아왔는데 아무 말도 하지 않았소. 그때부터 다른 사람들과 거리를 두고 혼자 지낸다오.

지금 여자는 우리와 떨어져서 강 아래쪽에서 살고 있소. 필요할 때는 우리에게 도움을 청하지만, 대개는 자급자족을 하면서 야영지를 옮길 때만 우리 무리와 같이 움직이고 있소. 그녀는 이 땅의 생활 방식에 능숙하다오."

다구는 그 여자를 만나고 싶다고 말했다.

"시도는 해볼 수 있지만, 그 여자는 사람들이 귀찮게 하는 것을 좋아하지 않소. 때때로 우리가 다가가면 소리를 질러 쫓아버리기도 한다오. 그래서 우리는 그녀를 '미친 여자'라고 부른다오. 그녀는 지나치게 많은 시간을 홀로 지내고 있소." 무리의 수장이 말했다.

다구가 고개를 끄덕였다. "주의해서 행동하겠습니다. 그 여자는 내가 전에 알았던 사람 같습니다."

지도자는, '해의 땅'에서 가족을 잃었을 뿐 아니라 원래 속해 있던 그 위친 무리마저 잃고 만 다구에게 측은함을 느끼며 그가 거처를 나서는 모습을 지켜보았다. 다구가 사랑하는 사람들을 찾는 데 남은 삶을 바치리라는 것에는 의심의 여지가 없었다.

그의 천막으로 서둘러 돌아온 다구는 옷을 따뜻하게 입고 그 여자를 위한 작은 선물로 담비 털을 주머니에 챙겼다. 그는 몇 시간을 걸어서 수킬로미터 떨어진, 강 아래쪽에 있는 그녀의 거처로 다가갔다. 멀리 동물 가죽으로 된 천막에서 연기가 피어오르는 것이 보였다. 그가 좀더 가까이 다가가자 여자가 집에서 나왔다. 그렇게 멀리서도 그가 다가오는 소리를 들은 모양이었다.

"무슨 일로 오셨죠?" 그녀가 물었다.

그는 그녀를 주의 깊게 바라보았다. 수많은 세월이 흐르긴 했지만 그녀의 모습은 그가 기억하고 있는 것과 많이 비슷했다.

"새소녀, 난 다구입니다. 오래전 내가 소년이었을 때 만난 적이 있어서 당신 이름을 알지요." 그가 말했다.

"새소녀는 오래전 우리 아버지가 나를 부르시던 이름이었지요." 그녀가 쉰 듯한 목소리로 나직하게 말했다. "이제 나는 어머니가 처음 붙여주신 주툰바라는 이름을 씁니다."

그런 다음 여자는 말없이 서 있었다. 다구는 기다렸다. 자신을 쫓아버릴 모양이라고 생각한 바로 그때 여자는 그에게 가까이 오라고 손짓했다.

주툰바는 남자를 응시하며 꼼꼼히 뜯어보았다. 그녀는,

가무잡잡한 피부와 입 주위에 깊은 주름이 있는 남자의 얼굴에서 과거에 한 차례 만났던 진지한 소년의 모습을 찾아내려 애썼다.

"그러니까 당신이 집에 머물며 가족을 돕기보단 여기저기 돌아다니고 싶어했던 그 엉뚱한 소년이란 말인가요?" 그녀가 단도직입적으로 물었다. 다구가 기억하는 옛날 새소녀의 태도와 똑같았다.

다구는 그들의 첫 만남을, 남자처럼 사냥을 하는 그 낯선 소녀에게 매력을 느꼈던 일을 떠올렸다. 이제 그녀는 그때보다 훨씬 나이가 들었지만 여전히 놀랄 정도로 매력적이었다. 그녀의 대담한 눈을 들여다본 다구는 미친 사람의 기미를 전혀 찾을 수 없었다. 그의 시선을 맞받는 그녀의 두 눈은 맑았고 호기심과 약간의 장난기로 생생하게 빛나고 있었다.

무리의 다른 사람들이 그녀에 대해 했던 말을 떠올리면서 다구가 그녀를 응시하자, 주툰바는 점점 불편해졌다.

"왜 나를 그렇게 뚫어져라 바라보는 거죠? 사람들이 당신에게 내가 미쳤다고 하던가요?" 그녀가 물었다.

다구는 인정하고 싶지 않다는 듯이 아주 살짝만 고개를 끄덕였다.

주툰바는 고개를 뒤로 젖히고 편안하게 웃음을 터뜨렸다. "내가 어린 소녀였을 때부터 사람들은 줄곧 나를 별종으로 여겼어요. 난 원하는 대로 살고자 했을 뿐인데 사람들은 나를 '미친 여자'라고 부르더군요. 이제 그런 것에 익숙해요." 그녀가 말했다.

그러고는 이렇게 덧붙였다. "당신 이야기를 들려주세요. 그 오랜 세월 동안 어디에 가 있었던 거죠? 당신 어머니는 당신이 죽은 줄 아시더군요."

"우리 어머니를 압니까?" 다구가 깜짝 놀라 물었다.

"안으로 들어오세요. 당신과 나는 나눌 이야기가 많네요." 그녀가 말했다.

여자가 그렇게 대담하게 남자에게 들어오라고 말하는 것은 드문 일이었지만, 다구는 이제 보통 사람과 다르게 행동하는 이들을 이해할 수 있었다. 그는 주툰바를 따라 널찍한 거처로 들어갔다. 집안에는 동물의 털과 가죽, 바느질 도구들이 흩어져 있었다. 그녀는 앉을 자리를 마련해주고 자작나무 껍질로 만든 그릇에 무스 고기 수프를 내왔다.

"당신은 우리 어머니를 만났나요?" 그가 다시 물었다.

그녀가 대답했다. "네, 나는 치콰이 마을에서 돌아와 이 무리에 받아들여졌지만 우리 가족을 찾아 다시 떠났지요. 나는 우리 무리를 찾아냈고, 그들이 당신네 무리를 받아들였다는 것을 알게 됐어요. 하지만 우리 부모님을 찾지는 못했지요.

우리 무리는 내가 살아 있는 것을 보고 깜짝 놀라더군요. 나는 그들과 한동안 같이 지냈고, 그때 당신 어머니를 만났어요. 나를 따로 불러내 우리 부모님이 돌아가셨다는 슬픈 소식을 전해준 사람이 당신 어머니였어요.

당신 어머니 말씀이 우리 오빠들이 여러 해 동안 나를 찾아다녔대요. 그들이 긴 여정에서 영영 돌아오지 않자 우리 부모님은 자식들 모두를 다시 보지 못한다는 사실에 절망하셨고 슬픔에 잠겼어요. 어찌나 슬퍼하셨는지 어머니는 병이 나서 돌아가셨다더군요. 그리고 어느 겨울날 아버지는 춥고 어두운 밖으로 혼자 걸어나가셨대요. 죽으러 간다는 것을 알고 사람들은 그를 따라가지 않았다고 해요."

주툰바는 자신이 이 세상에 혼자라는 사실을 알았을 때 느낀 절망감을 떠올리며 잠시 말을 멈추었다.

"당신 어머니는 나를 거처에서 지내게 해주셨고 우리는 친구가 되었지요. 처음에 우리 무리는 내가 살아 있다는 사실에 기뻐하는 듯했지만, 시간이 흐르자 마치 내가 치콰이인 것처럼 대했어요. 오빠들은 죽임을 당했는데 나는 어떻게 살아남을 수 있었느냐고 지독하게 질문을 퍼부어댔지요. 얼마 후 나는 그들이 내 말을 진심으로 믿어주지 않으리라는 것을 깨닫고 떠나기로 결심했어요.

당신 어머니는 내가 떠나는 것을 서운해하셨지만, 사람들이 나를 어떻게 대하는지 알고 계셨지요. 내가 당신 어머니께 같이 떠나자고 하자, 자신은 그 무리들과 함께 살아야 한다고 하시더군요. 그후로는 당신의 어머니를 만나지 못했습니다."

"당신 생각에는 그 무리가 이 근처 어딘가에 있을 것 같습니까?" 다구가 물었다.

주툰바는 생각에 잠긴 눈길로 다구를 똑바로 응시했다. "당신이 직접 찾아봐야 할 것 같은데요." 그녀가 말했다.

그날 오후 다구와 주툰바는 지난 이야기를 나누었다. 그때까지 주툰바는 자신이 노예로 잡혀 있던 시절의 일을 전부 이야기한 적이 없었다. 하지만 과거로부터 솟아오른 듯한 그의 얼굴 덕택에 기억이 되살아나 다구의 얼굴을 바라보며 자신도 모르게 그동안의 이야기를 모두 털어놓고 있었다.

"알다시피 난 치콰이들에게 납치당했어요." 그녀가 말을 시작했다. "납치한 남자는 나를 노예로 취급하고 온갖 수단을 다 동원해 나를 상처 입히려 했어요. 하지만 그의 아이를 가졌을 때도, 내 아들을 빼앗고 그애로 하여금 나를 미워하게 만들었을 때도 난 꿋꿋하게 버텼어요."

그녀의 목소리가 살짝 갈라져나왔다. 오래전에 죽었을 아들 얼굴이 문득 떠오르자 그녀의 두 눈에 눈물이 가득 차올랐다. 주툰바는 말을 멈추고 감정을 추스르려 무진 애를 썼다. 이윽고 좀더 느린 어조로 다시 말을 시작했다. 다구는 그녀의 말을 알아들으려 애썼다.

"그 남자의 손아귀에 갇혀서 많은 일들을 겪었지만 난 버텼어요. 결코 울지 않았죠. 내가 얼마나 상처를 입었는지 그에게 보여줄 순 없었어요.

여러 해가 지난 후 오빠들은 마침내 내가 살고 있는 마을을 찾아내 나를 구하려 했어요. 그런데 치콰이들은 오빠들을 죽여 머리를 잘라내서는 오빠들의 머리가 공이라도 되는 것처럼 내 앞에서 이러저리 발로 찼어요."

다구는 말없이 이야기를 들었다. 자신이 만났던 어린 소녀, 삶에 대해 그토록 자신만만하던 소녀가 그렇게 가혹한 취급을 받았다고 생각하자 가슴에 연민이 차올랐다. 주툰바가 말을 계속했다.

"그 일이 있은 후 나는 선한 마음을 잃고 나를 노예로 잡은 사람과 똑같아졌어요. 내 안에 증오가 어찌나 거세게 차올랐던지 결국 난 그들 모두를 죽이고 말았어요. 내 아들까지요. 내가 살려둔 사람은 내게 친절하게 대했던 늙은 여인 하나뿐이었어요."

주툰바는 오랫동안 잠을 자지 못한 사람처럼 갑자기 극심한 피로에 휩싸였다. "지금까지 나는 내 아들의 죽음을 내가 어떻게 느끼는지 모르고 있었어요. 너무 오랫동안 감정을 마음속에 묻어두어서 더이상 실감이 나지 않았죠. 내가 아는 거라고는 그저 하루하루 살아 있다는 건 좋은 일이라는 사실뿐이었어요."

다구는 그녀의 말을 이해하고 고개를 끄덕였다. 그런 다음 주툰바에게 자기가 살아온 과정을 이야기하기 시작했다. 아내와 아이들을 잃은 일과 아버지가 살해당한 이야기를 들려주자 그녀는 귀를 기울였다.

"나는 아버지의 죽음을 제대로 슬퍼해본 적이 없답니다." 그가 부드러운 어조로 말했다. "모든 일이 너무 빨리 일어났기 때문에 그럴 기회를 갖지 못했습니다. 이제 아버지를 생각하며 좋은 기억만을 떠올릴 수 있게 되었어요."

두 사람은 비밀스러운 이야기를 편안하게 공유할 수 있다는 것을 느끼며 밤이 깊도록 대화를 나누었다. 다구가 야영지로 돌아오기 위해 주툰바의 거처를 나설 무렵 그들은 오랜 친구가 된 듯했다.

겨울 내내 다구는 간간이 주툰바의 야영지를 방문했다. 그런 모습이 사람들 눈에 띄지 않을 리가 없었다. 어느 날 바스디크가 다구에게 물었다. "당신은 그 여자를 아내로 맞을 생각이오?"

다구의 얼굴이 붉어졌다. "아닙니다. 그런 것이 아닙니다." 그는 자신과 주툰바가 오래전에 서로 알던 사이라고, 둘 사이에 공통점이 많다고 설명했다. 그는 무리의 수장에게 그녀가 전혀 미치지 않았다고 말했다.

"놀라운 일이군요." 바스디크가 인정했다. 사실 그는 그 여자를 만나본 적이 없었다. 그저 사람들이 하는 말을 곧이곧대로 믿었던 것이다. "내가 그녀에게 가서 우리와 함께 살자고 말해야 한다고 생각하시오?"

"그녀의 의사를 물어보셔야 합니다. 그녀는 독립적인 사람이니 스스로 결정을 내릴 겁니다." 다구가 대답했다.

"그런데 당신은 이제 어떻게 할 거요?" 바스디크가 물었다.

다구는 그의 은밀한 계획을 더이상 감출 수 없음을 알았다. 수장은 그가 어떤 사람인지 잘 파악하고 있었다. "봄이 오면 어머니를 찾으러 갈 겁니다." 그가 대답했다.

지도자는 고개를 끄덕이고는 이렇게 경고했다. "당신 어머니가 살아 계시지 않을 수도 있다오."

"그 점도 염두에 두었습니다. 그런 상황을 받아들일 준비가 되어 있습니다." 다구가 말했다.

봄이 오자 다구는 무리에게 작별을 고했다. 그들 가운데에 주툰바가 서 있었다. 다구의 격려에 힘입어 그녀는 그 무리에 합류해서 모두의 존경을 받고 있었다. 걸음을 옮기다가 그녀를 돌아보면서 다구는 아끼는 이들을 두고 떠나는 것이 자신의 운명인지도 모르겠다고 생각했다.

그는 날이 갈수록 해가 점점 높이 떠오르는 북극 땅을 돌아다녔다. 이따금 북쪽에서 살을 에는 차가운 바람이 불어닥쳤지만 폭풍을 온몸으로 맞으면서도 다구는 해에 대해서나 바람에 대해서, 혹은 바람이 불어오는 곳에는 무엇이 있을지에 대해서 더이상 궁금한 마음이 들지 않았다. 탐사로 보낸 수많은 세월이 그런 질문을 잠재워주었던 것이다.

바람과 해와 별이 멀리 있고 가까이 있고는, 사람의 마음에 달려 있음을 그는 알았다. 그를 고향 땅에서 아득히 먼 곳으로 데려간 것은 바로 그의 호기심이었다. 하지만 다구는 긴 여행으로 어떤 대단한 지혜를 얻었다고 여기지 않았다. 그보다는 '해의 땅'에서 찾아냈다가 잃어버리고 만 귀중한 삶에 대한 생각에서 헤어날 수 없었다. 이제 그에게 남은 유일한 희망이 있다면, 수년 전 떠나고 싶다는 자신의 조바심 때문에 할 수 없었던 일, 즉 어머니를 보살피는 일을 하는 것뿐이었다.

그는 걸음을 옮겨놓으면서 자신이 얼마나 특이한 삶을 살아왔는지를 생각했다. 오래전 아버지는 그에게 사람이 살아남기 위해서는 함께 일해야 한다는 사실을 가르치려 애썼다. 그것이 그위친의 삶의 방식이었다. 다구는 그런 교훈을 제쳐두고 꿈을 찾기 위해 길을 나섰고 그 꿈을 이루었지만, 결국은 모든 것을 잃고 말았다. 그는 수많은 세월 동안 수천 킬로미터를 여행했지만, 떠나왔던 고향 땅으로, 출발했던 지점으로 돌아와 남겨두고 간 가족을 찾고 있었다.

나구는 맑고 푸른 하늘을 올려다보며, 그가 마침내 그의 무리가 영위하는 삶의 방식을 이해했다는 것을 아버지가 알기를 바랐다.

이제 다구는 지난날 걷던 산길을 만족스러운 기분으로 다시 걸으며 고향 땅의 아름다움을 즐길 수 있었다. 그러나 여러 주 동안 이 사냥터에서 저 사냥터로 끝없이 펼쳐진 산길을 따라 걸었음에도 그의 무리는 자취도 보이지 않았다. 여름이 다가오자 그는 겨울을 나기 위해 양식을 모아야 한다는 것을 깨달았다. 그래서 유콘강 상류로 올라갔다. 순록이 사는 땅에서 흘러내려오는 작은 시내와 강이 만나는 지점이었다.

그곳에서 다구는 지난겨울을 함께 보냈던 그위친 무리를 다시 만났다. 태양이 가장 높이 떠오르는 시기였고 그위친들에게는 가장 바쁜 달이었다. 남자들과 여자들은 물고기 덫과 카누를 만들었고, 훌쩍 자란 아이들은 더 어린 아이들과 놀아주면서 사냥감을 쫓아다니느라 바빴다. 모두들 넓은 강을 헤엄쳐 거슬러오르는 수많은 연어들을 잡아 말렸다. 밤이 오면 음식을 먹고 휴식을 취하면서, 피를 빨려고 떼 지어 몰려드는 모기로부터 몸을 보호하기 위해 옷에 달린 장

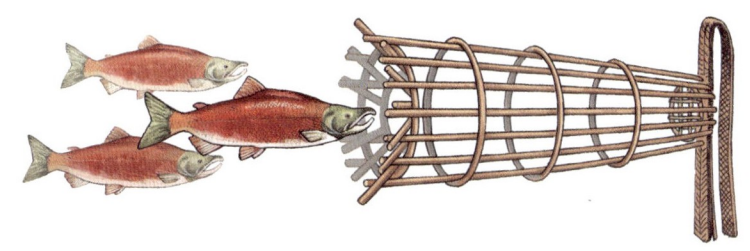

식술을 흔들거나 몸에 곰 기름을 발랐고, 아기들을 가죽으로 싸맸다.

어느 날 새벽, 거처 안에서 자고 있던 다구는 밖에서 웅성대는 소리에 잠에서 깼다. 밖으로 나온 그는 다른 무리가 그곳을 방문했다는 것을 알았다. 상당히 많은 사람들이 모닥불을 둘러싸고 앉아서 바스디크와 이야기를 하고 있었다. 여름 동안 그위친 무리들은 다른 무리와 만나 멀리 떨어진 부족에게서 구한 물건이나 소식을 교환하곤 했다. 이 무리는 선한 사람들 같군, 하고 다구는 그들을 바라보며 생각했다. 방문객 중에는 여자들과 아이들이 많았고, 그들은 남자들이 이야기를 나누는 동안 뒤에 물러나 앉아 음식을 먹고 있었다.

다구는 새로 도착한 사람들이 그에게 줄곧 눈길을 던지고 있음을 눈치챘다. 그들의 대화를 들을 수는 없었지만 자신에 관해 이야기하고 있음이 분명했다. 바스디크가 '해의 땅'을 여행한 그의 이야기를 하고 있는 모양이었다. 방문객들 가운데서 커다란 동요가 일어나고 있었다. 마침내 수장이 일어나 다구를 불렀다.

그는 어떤 일이 자신을 기다리고 있는지 알 수 없어 천천히 일어났다. 사람들 속에서 누군가 비명을 질렀다. 다음 순간 다구는 키가 큰 늙은 여인이 두 팔을 벌리며 일어나는 것을 보았다.

그는 여인을 오랫동안 뚫어져라 바라본 다음에야 그녀가 누군지 알아보았다.

"어머니?" 그가 물었다. 두 무릎에 힘이 빠졌다.

슈린야는 사람들을 헤치고 서둘러 달려와 두 팔로 그를 얼싸안았다. 다구는 어안이 벙벙했다. 왜냐하면 어머니를 찾으리라는 희망을 거의 포기하고 있었던 것이다. 그는 어머니를 안아 땅에서 들어올렸다.

다른 방문객들이 신이 나서 다구 주위로 몰려들었다. 그가 사냥을 가르쳤던 소년들은 이제 성인 남자가 되어 많은 자식들을 두었고, 젊은 과부였던 여자들은 이제 손주들을 둔 할머니가 되어 있었다. 다구는 그들의 삶이 어떻게 바뀌었는지를 보고 미소를 지었다. 그 자신 역시 바뀌어 있었다.

잠시 후 두 무리는 잔치를 열어 기쁨을 나누었다. 흥분이 가라앉을 무렵 방문객들은 주툰바가 그들을 유심히 지켜보고 있는 것을 눈치챘다. 바스디크가 그들에게 그녀의 지난 이야기를 들려주었다. 그러자 방문객들은 그들이 어떻게 그 여자를 자기 무리에서 쫓아냈는지를 기억해냈다. 처음에는 그녀가 혼인을 하려 들지 않는다는 이유로, 그리고 오랜 세월이 흐른 후에는 치콰이들에게 둘러싸여 살았다는 이유로. 그들은 자신들이 저지른 일에 당혹감을 느꼈다. 그들과 함께 있었던 기억이 너무나도 고통스러웠으므로 주툰바는 방문객 대부분과 이야기를 나누지 않으려 했다. 다구의 어머니를 보고 다시 만난 것에 기뻐하며 그녀에게 따뜻한 인사를 전했을 뿐이었다.

다구가 사냥하는 법을 가르쳐준 것을 기억하고 있던 방문객 무리의 수장이 자신의 무리로 돌아와달라고 청했다. 다구는 그 제안에 대해 생각해보았다. '해의 땅'에서는 혼자 힘으로 살아남을 수 있었지만, '눈의 땅'에서는 다른 사람들과 서로 돕고 살아야 했다. 그는 방문객들이 돌아가기 전에 이 부리와 저 무리 중 하나를 택해야 했다.

"어떻게 하시겠어요, 어머니?" 그가 물었다.

슈린야는 주저하지 않고 말했다. "과거에 나와 무리의 사람들이 너를 도와 우리의 미래에 관한 결정을 내렸던 거 기억하니? 내가 그렇게 한 건, 네가 아직 어렸고 그런 결정을 해본 적이 없었기 때문이었다. 이제 너는 성인으로 내 앞에 서 있다. 그런데 어떻게 해야 하느냐고 나에게 묻는 거냐?" 그녀가 물었다.

"만약 사람을 잡아먹는 회색곰이 네 앞에 서서 금방이라도 너를 죽이려 든다면, 어떻게 해야 하느냐고 나에게 묻겠니? 아니, 너는 어떻게 해야 하는지 이미 알고 있다. 넌 곰과 싸워 살아남는 것을 선택할 거야. 너는 이런 식으로 모든 결정을 내려야 한다. 다른 누가 하는 말에 휘둘리지 말고 네 마음을 들여다보고, 네 머릿속을 들여다보면서 말이다. 이건 네 인생이다. 네가 어떤 무리를 선택하든 나는 너를 따를 것이다."

다구는 어머니를 바라보며 미소를 지었다. 그의 아버지처럼 어머니도 언제나 그에게 자유를 주었고 지혜로 가득찬 말을 들려주었다. "나도 언젠가는 부모님처럼 훌륭한 사람이 되어야 해." 그는 속으로 생각했다.

다음날 아침 방문한 무리가 떠날 준비를 마치자 그 무리의 수장이 다구에게 다가왔다.

"스승님, 우리는 이제 떠나야 합니다. 우리와 같이 가시겠습니까?" 그가 물었다.

다구는 가지 않겠다고 말했고 수장은 그의 결정을 이해했다.

"다시 뵙기를 바랍니다." 그가 다구에게 믿음직스럽게 말했다.

떠나기 전에 모든 방문객들은 다구 주위에 모여 그가 잘 되기를 빌어주었다. 그들이 떠나는 모습을 지켜보면서 다구는 어머니의 어깨에 한쪽 팔을 둘렀다. 그런 다음 몸을 돌렸다. 그의 천막 너머로 주툰바가 그들을 지켜보고 있었다. 그는 미소를 지어 보이며 다른 손을 그녀에게 내밀었다. 주툰바는 잠깐 망설이다가 그에게 다가왔다.

다구와 그의 어머니와 주툰바는 한때 그들이 속했던 무리가 떠나는 모습을 지켜보았다. 그들은 이제 과거를 뒤로 하고 미래를 향해 나아갈 터였다.

지은이의 말

 당신이 지금 막 읽은 이 이야기는 오래전 우리 어머니가 내게 들려준 두 개의 전설을 기본으로 한 것이다. 나는 '정상'에서 벗어난 사람들에 관한 이야기에 매력을 느꼈던 것 같다. 내가 주툰바와 그녀의 시련에 대한 이야기를 결코 잊지 않은 것을 보면 내 성격에도 그런 면이 있는 듯하다.

 그녀의 이야기를 쓰면서 내가 가장 걱정했던 것은 폭력에 관한 부분이었다. 다구의 아내와 아이들이 살해당하는 사건은 그가 그위친 무리에게 돌아갈 구실을 만들어주기 위해 내가 지어낸 내용이지만, 주툰바의 이야기에 나오는 폭력은 원래 전설의 핵심적인 부분이었다. 마지막에 주툰바는 그녀를 억류했던 자들을 말 그대로 몰살시켰다. 나의 과제는 주툰바의 동기를, 그리고 그녀를 억류했던 자들의 동기를 납득할 만하게 만들어야 한다는 것이었다.

 주툰바의 이야기를 쓸 때 처음에 나는 그녀를 납치한 자가 나쁜 사람이라는 편견을 갖고 있었던 것 같다. 왜냐하면 어릴 때부터 에스키모인들을 증오해야 마땅하다는 이야기를 들으며 자랐기 때문이다. 나는 어렸을 때 배운 그런 편견들을 얼마간 떨쳐버려야 했다. 이야기를 고쳐 쓰면서 나는 치콰이족을 조금 더 인간적으로 그리려고 노력했다.

나중에 나는 이 이야기 속에서 주툰바가 저지른 행위가 과연 정당했는지를 생각하고는 불안해졌다. 정치적으로 올바른 입장에 서서, 주툰바가 숱한 고통을 받았음에도 불구하고 그들을 증오하거나 복수하지 않고 떠나는 것으로 쓰면 어떨까 하는 생각이 문득 들었다. 하지만 그런 정치적으로 올바른 버전은 마음에 진실하게 와닿지 않았다. 납치당하고 강간당한 데 이어 오빠들까지 죽임을 당한 여자가 어떻게 그토록 쉽게 가해자를 용서할 수 있단 말인가? 결국 나는 전설의 내용에 충실하기로 했다.

다구의 이야기…… 사실 그 전설은 정말이지 막연했다. 어머니가 내게 들려준 이야기는, 한 남자가 해를 따라가는 여정을 떠나 낯선 부족들을 만나고 마침내 '해의 땅'에 이르러 말을 발견하고 여러 해가 지나 무리에게로 돌아왔다는 것뿐이었다. 나는 이야기 속의 수많은 빈칸들을 메꿔야 했다.

한 가지 중요하게 덧붙인 것은 다구의 아내에 대한 부분이다. 나는 다구의 아내를, 후에 멕시코와 캘리포니아가 된 지역에서 살던 야키족 여인으로 설정하고 싶었다. 끊임없는 외세의 침입으로 고통을 겪으면서도 끈질기게 살아남은 야키족은 나에게 알래스카 해안을 따라 살던 부족을 연상시켰다. 나는 그들의 끈기에 탄복했다. 하지만 다른 부족의 문화를 자세히 묘사해 이 소설을 두꺼운 책으로 만들고 싶지 않았으므로, 그 부족의 문화유산에 관해서는 암시하는 정도로 그쳤다.

노래와 물자를 교환한다는 아이디어는, 내가 1982년 워싱턴 D.C.에서 열린 스미스소니언 미술 축제에 참가한 원주민 공예인 팀의 인솔자로서 그곳에 갔을 때 만난 사람에게서 얻은 것이다. 그 틀링기트족 남자는 그위친족과 맞바꾼 노래가 그의 부족에게 있다고 말했다. 그 노래가 어떻게, 왜, 물자와 교환되었는지 알 수 없었지만, 우리 부족들은 그 노래를 다시는 불러서는 안 된다는 이야기를 들었다고 했다. 노래나 춤이 일단 물자와 교환되고 나면 그것을 취득한 무리의 재산이 되는 것이다. 후에 나는 다구가 틀링기트 땅을 가로지르는 부분을 쓰면서 이 이야기를 덧붙이고 싶은 충동을 억제할 수 없었다. 이 책 속에서 그가 부른 노래는 우리가 어릴 때 부르던 노래다.

일찍부터 나는 다구의 여정에 틀링기트족 이외의 다른 원주민 부족을 개입시키지 않기로 마음먹었다. 아메리카 대륙의 모든 원주민 부족들은 그들의 영역을 지키려 애쓰고 타 부족을 경계했으므로, 다구가 태평양 해안을 따라 살던 모든 부족들을 만났다면 아무리 운이 좋아도 살아남을 수 없었을 터였다. 그래서 나는 그를 로빈슨 크루소 같은 존재로 만들어, 사람의 발길이 닿지 않은 긴 해변의 모래 위에 발자국을 남기며 홀로 걷게 했다.

이렇게 말하면 당시 알래스카 원주민들이 끊임없이 서로 싸운 것처럼 들릴지도 모른다. 하지만 늘 그런 것은 아니었다. 예를 들어 이누피아크족과 아타바스카족은, 알래스카 전역의 부족들을 포함하는 물물교환 제도를 통해 서로 평화적으로 관계를 맺기도 했다. 이누피아크족과 아타바스카족이 서로에게 해온 행위로 인해 오랜 세월 동안 서로를 적대시해온 것은 사실이지만, 실제로 어린 우리가 에스키모인들을 싫어하게 된 이유는 우리의 경험이 아니라 어른들이 우리에게 들려준 이야기들 때문이었다.

이 책이 그런 기억을 자극할지도 모르지만, 내가 이 이야기를 쓴 것은 오랫동안 덮어둔 상처를 다시 열기 위해서가 아니다. 그보다는 깊이 뿌리내린 관습에서 벗어난, 자신들의 때를 누리기엔 너무 일찍 태어난 두 젊은이의 이야기를 하고 싶었다. 이 이야기의 요점은 우리 모두는 각기 다른 이유로 고향을 떠나지만, 언젠가는 반드시 다시 집으로 돌아온다는 것이다. 거의 모든 사람에게 이것은 진실이다.

감사의 말

이 이야기를 쓰도록 도와준 레이얼 모건에게 감사를 표하고 싶다. 당신이 없었다면, 이 책은 세상에 나오지 못했을 것이다. '넌 할 수 있다'는 끊임없는 격려가 나를 쓰도록 밀어붙였다. 고맙습니다, 선생님.

내가 일하는 동안 아이들을 사랑으로 돌봐준 어머니에게 감사한다. 이 두 전설을 나에게 이야기해준 것에 대해서도. 당신이 없었다면 나는 이야기를 쓰고 싶다는 생각조차 할 수 없었을 것이다.

나의 오빠, 나의 멘토, 나의 친구, 나의 가장 탁월한 비평가인 배리에게 감사한다. 나는 더 나은 미래가 다가올 거라는 꿈을 그와 나눌 수 있었다.

내가 나 자신에 대한 믿음을 잃었을 때조차도 나를 믿어준 켄트 스터지스, 크리스틴 엄멀, 엘리자베스 웨일스에게 감사한다. 특히 크리스틴 엄멀은 원고를 섬세하고도 탁월한

솜씨로 수정하고 줄곧 다정하고 노련하게 영감을 불어넣어 주었다. 어떻게 감사를 표해야 할지. 그런 일은 결코 쉽지 않다. 당신처럼 재능 있는 편집자를 만나 도움을 받은 것은 영광스러운 일이다. 편집자 없이 좋은 책을 내기란 불가능한 법이니까.

내가 가장 필요로 할 때 책과 논문과 컴퓨터를 사용할 수 있게 해준 포트유콘의 지방교육센터와 린다 웰스에게 감사한다.

그위친어로 쓰인 문헌을 잘 이해하는 데 도움을 준 베네티의 주디 에릭에게도 고맙다.

마지막으로 책 속의 삽화를 그려준 짐 그랜트에게 커다란 감사를 표하고 싶다. 당신의 그림이 없었다면 나의 이야기는 진정한 생명력을 갖지 못했을 것이다.•

여러분 모두에게 신의 축복을 빌며
감사의 마음을 담아
벨마 월리스

• 우리말판에서는 새로운 그림으로 대체되었다.

그위친족과 이누피아크족에 관하여

　벨마 윌리스가 이 이야기 속에서 묘사하고 있는 아타바스카 원주민 그위친족은 오늘날 유콘강과 포큐파인강과 타나나강을 따라 알래스카 동부와 캐나다 서부에서 살고 있다. 하지만 문화인류학자들은 그위친족이 한때 그 북쪽의 브룩스 레인지 산맥과 어퍼 코육쿡강(유콘강의 지류) 골짜기와 평원 그리고 더 서쪽에 있는 코체부에 해협(축치해의 지류) 지역까지도 점했던 것으로 보고 있다.

　그위친족이 왜 남쪽으로 이동했는지에 대한 답을 찾기 위해 문화인류학자들은 알래스카 원주민의 구전전통으로 눈을 돌렸다. 구전설화에서는 그위친족과 이누피아크족이 과거에 껄끄러운 관계였던 것으로 묘사하고 있다. 이누피아크족이란 알래스카 북쪽의 에스키모를 말하는데 그위친족은 그들을 치콰이라고 불렀다. 학자들은 이누피아크족이 전통적으로 그위친족의 땅이었던 지역에 침입해 폭력을 행사했다는 견해에 타당성이 있는지 줄곧 연구해왔다. 그 폭력은 특히 습격의 형태로 나타나 두 무리의 인구를 감소시켰다. 그런 분쟁으로 인해 그위친족은 '전투지대'를 벗어나 동쪽과 남쪽으로 이주하게 된 듯하다.

몇몇 아타바스카 원주민의 이야기에는 아타바스카족의 마을이나 이누피아크 마을 전체가, 종종 복수를 목적으로 한밤중에 행해진 적의 기습으로 파괴되었다고 묘사되어 있다. 공격자들은, 반지하로 지어진 거처 안에서 사람들이 자고 있는 동안 그곳의 연기구멍을 틀어막은 다음 구조물에 불을 질렀다. 자작나무 껍질이나 이끼에 붙은 불은 고래 기름이나 곰 기름 같은 동물 기름에 옮겨붙어 세차게 타올라 희생자들을 질식시켰고 이어 불길에 휩싸이게 만들었다. 외과의사이자 북극 탐험가였던 에드워드 애덤스는 일기(1851년, 미발표 원고, 영국 케임브리지 대학교 스콧 폴라 연구소)에서 충실한 자료를 곁들여 그 공격을 설명하고 있다.

그런 이야기들이 이 소설에 나오는 사건들의 기초를 이룬다. 그위친족과 이누피아크족은 이런 이야기를 아이들에게 들려줌으로써, 공동체 내에서 두 부족 간의 만남에 대한 뿌리 깊은 공포를 강화시켰다. 폭력 사태가 벌어질 수 있다는 위험으로 인해 여러 원주민 무리는 동맹을 맺을 필요를 느꼈다. 그럼으로써 다른 무리의 영역을 지나갈 때 보호를 받을 수 있었다. 그런 동맹 관계를 통해 그위친 무리는 무리 내에서 생산력이 가장 강한 사냥꾼들을 잃어버린 경우에도 살아남을 수 있었다. 다구 무리의 이야기에서 그런 예를 볼 수 있다.

학자들이 구전전통의 가치를 인정하는 쪽으로 나아가고 이들 우화의 맥락을 제대로 짚어내고자 애쓰는 이때, 벨마 월리스의 이 작품은, 독자에게 과거 알래스카에 살았던 초기 토착민들의 삶의 방식을 경험해볼 수 있는 하나의 창을 열어준다.

미란다 라이트˙

• 문화인류학자로, 알래스카 중앙 지역에 사는 아타바스카족을 돕기 위한 도엔 재단의 문화유산 및 교육 프로그램을 이끌고 있다.

옮긴이의 말
당신의 마음속에 감미롭고도 위험한 꿈이 움틀 때

 이 소설은 옛날 옛적 아웃사이더들에 관한 이야기다. 여름이면 연어떼가 힘차게 물살을 거슬러오르는 알래스카의 유콘강가, 후미진 오솔길을 홀로 걷던 소년 다구는 문득 자신이 혼자가 아니라는 사실을 깨닫고 눈을 든다. 알록달록 채색된 동물 뼈 장신구에 어울리지 않게 화살통을 메고 화살을 손에 든 소녀 하나가 그의 앞에 서 있다. 두 사람은 한순간 서로를 응시한다. 소년이 이름을 묻기도 전에 소녀는 주툰바라는 이름 대신 '새소녀'라고 대답한다. 사냥꾼들이 동물의 주의를 끌지 않고 소통할 때 쓰는 새소리를 새가 속을 정도로 자연스럽게 낸다고 해서 붙여진 별명이다. 다구는 걷고 있었고 새소녀는 사냥중이었다. 둘 다 홀로, 자신들의 꿈이 시키는 대로.

 새소녀는 사냥을 하며 살고 싶었다. 사냥 기술이 누구보다 뛰어났고 튼튼한 다리로 잘 달렸으며 물살을 거슬러 헤엄치고 목표물을 정확하게 명중시켰다. 무리의 남자애들은 그런 그녀를 경원시했는데, 그런 남자들 중 하나와 결혼해 아이들을 낳아 기르면서 집안에서 늙어가야 하는 삶을 도저히 받아들일 수 없었다. 한편 다구는 겨울에도 해가 숨어버리지 않는 세계를 찾아 떠나고 싶었다. 그는 사냥보다 탐험이 좋았다. 미지의 장소와 따뜻한 해의 땅을 향해 찾아 떠난 선조들에 관한 이야기는 언제나 그를 사로잡았다.

새소녀와 다구는 강둑에 서서 발아래로 장쾌하게 흐르는 유콘강의 물살을 응시한다. 그들이 속한 그위친족은 긴 강 주위의 평지에서 살았고, 그보다 북쪽으로 이어진 산맥 너머에는 그들의 숙적 치콰이족이 있었다. 따뜻한 여름이 곧 끝나고 서늘한 가을이, 이어 혹독한 겨울이 닥칠 것이었다. 다구는 혼자 사냥을 다니는 소녀가 신기했고, 새소녀는 산길을 그저 걸어다니는 다구가 인상 깊었다. 두 경우 모두 무리에서 보기 어려운 일이었다. 역사에 균열을 내고 물줄기를 바꾸는 이런 다른 사건들은 대개는 괴짜들에 의해 만들어지고, 이들은 그 돌출적인 꿈으로 인해서 대개 외톨이가 된다.

모든 것이 얼어붙는 긴 겨울을 숙명으로 받아들이고 살아야 하는 척박한 땅, 두 달밖에 안 되는 짧은 여름 동안 서둘러 식량을 확보해두어야 하는 상황에서 개개인의 꿈은 무리의 역할 질서를 흩뜨리고 생존을 위협한다. 노래와 먹을 것을 서로 교환하고 불가침 규칙을 세우기도 하지만, 다른 무리, 다른 생각, 다른 삶의 방식은 늘 위협이 되어왔다. 개인의 꿈이 생존을 위협할 때 가장 잔인해질 수 있는 것은 이해관계를 공유하는 같은 무리들이다. 누군가 대열에서 이탈하면 그렇잖아도 무거운 내 어깨에 그 사람의 짐을 나눠얹어야 하는 공동체가 가진 당연한 자기방어다.

『두 늙은 여자』로 1993년 몇 개의 상을 휩쓸며, 어슐러 르귄으로부터 "읽은 후에는 읽기 전보다 조금 나아진 인간이 된다"는 찬사를 받은 벨마 월리스는, 알래스카 원주민 중 하나인 그위친족으로 포큐파인강가의 작은 마을에서 태어나 그곳에서 자랐다. 나뭇가지와 가죽으로 눈신발을 만들고 호저 가시로 만든 바늘로 옷을 짓고 자작나무로 카누를 만들며 성장해 부족의 정체성과 전설을 토대로 글을 쓴다. 그녀의 두번째 책인 이 소설은, 전설과 설화에 대해 독자가 예상하는 일반적인 궤적을 벗어난다. 다루는 소재는 '옛날 옛적에' 일어난 일인데, 줄거리가 아니라 소설의 흐름 자체를 들여다보게 만든다. 투박한 표현과 거친 전개 이면에 자리잡은 단단한 사실적 핍진성이 찬물을 뒤집어쓴 듯 오늘 우리의 정신을 긴장시킨다.

  꿈의 추구가 늘 보상을 받는 것은 아니다. 아니, 꿈을 추구한다는 것은 거의 언제나 일상의 안전망 밖으로 나서는 모험을 담보한다. 그리고 문학은 그 실패의 도정에 더 비중을 둔다. 같지만 다른 두 아웃사이더의 삶을 보여주는 이 소설은 편안하지 않다. 맑고 착하고 무구하게 출발했다가 어둡고 격렬하며 신랄하게 전개되면서 꿈을 품고 살아가는 삶의 명암을 환기한다. 그러나 바다코끼리 가죽을 정교하게 이어 만든 커다란 담요 한가운데에서 도움닫기를 하며 더 높이 뛰어올라 아득한 저 너머를 일별한 사람이라면 그 그리움을 어찌 품지 않을 수 있을까. 이 작은 소설 속에 도도하게 흘러내려오는 어떤 흐름이, 역사의 줄기에 틈을 낸 어떤 힘이 아직 사라지지 않은 당신의 꿈에 접속되기를!

김남주

새소녀

초판 1쇄 인쇄 2021년 11월 18일
초판 1쇄 발행 2021년 12월 1일

지은이 벨마 월리스
옮긴이 김남주
펴낸이 고미영

책임편집 이예은	펴낸곳 (주)이봄
편집 이은주 박기효	출판등록 2014년 7월 6일 제406-2014-000064호
디자인 위앤드(정승현)	주소 10881 경기도 파주시 회동길 455-3
일러스트 신은정	전자우편 yibom@yibombook.com
마케팅 유희수 채진아 황승현	팩스 031-955-8855
홍보 김희숙 함유지 김현지	전화 031-8071-8673(마케팅)
이소정 이미희	031-955-9981~3(편집)
제작 강신은 김동욱 임현식	
제작처 영신사	

ISBN 979-11-90582-53-7 03890

• 이 책의 판권은 지은이와 (주)이봄에 있습니다.
 이 책의 내용의 전부 또는 일부를 재사용하려면 반드시 양측의 서면 동의를 받아야 합니다.
 이봄은 (주)문학동네의 계열사입니다.

• 잘못된 책은 구입하신 곳에서 바꿀 수 있습니다.

springtenten   yibom_publishers

★ 웨스턴스테이츠 북 어워드 수상 ★
★ 퍼시픽노스웨스트 북셀러 연합 어워드 수상 ★

두 늙은 여자
알래스카 원주민이 들려주는 생존에 대한 이야기

벨마 월리스 지음, 짐 그랜트 그림, 김남주 옮김
176쪽 | 양장본 | 12,000원

"이 이야기는 나에게 삶에서 자신이 해야 할 바를 성취하는 인간의 능력에는
한계가 없다는 사실 – 나이의 한계는 물론이고 – 을 가르쳐주었다.
이 넓고 복잡한 세상에서 우리 한 사람 한 사람의 내부에는 놀랍고도 위대한
잠재력이 자리잡고 있다. 하지만 안타깝게도 결정적인 기회가 오지 않는 한
그 숨겨진 재능이 발휘되는 일은 거의 없다." _서문 중에서

명료하고 달콤하고 지혜로운, 마음속으로 곧장 와 꽂히는 이야기. _어슐러 르 귄(작가)

이 아름다운 이야기를 부디 놓치지 않길. _토니 힐러먼(작가)

모험과 서스펜스가 넘치는 난관 극복기. '델마와 루이스'가 80대가 되어
돌아왔다. _『커커스 리뷰』

아름답고 감동적인 책. 벨마 월리스의 문장은 근육질의 강인함과
간결함을 자랑한다. 뜻밖의 풍성함과 극북 지방의 운치가 넘친다.
독자들은 즉각 이 작품에 빠져들 것이다. _『워싱턴 포스트』

이봄